ROMEON
VERLAG

Julia's Geheimnis

1. Auflage, erschienen 4-2022

Umschlaggestaltung: freie-grafik-frankfurt.de
Umschlagfoto: »pexels«
Lektorat & Korrektorat: Manfred Poisel, manfred-poisel.de
Text: Voy Miro
Layout: Romeon Verlag
ISBN: 978-3-96229-369-7

www.romeon-verlag.de

Bibliografische Information der Deutschen Nationalbibliothek:
Die Deutsche Nationalbibliothek verzeichnet diese Publikation in der Deutschen Nationalbibliografie; detaillierte bibliografische Daten sind im Internet über *http://dnb.dnb.de* abrufbar.

VOY MIRO

JULIA'S GEHEIMNIS

Macht

Patronen

zu

Lippenstiften!

DANKE an ...

- Isabella Mariana für das Coverfoto
- Iris Bonaventura für Korrekturhilfe
- Anton Fischer aus Wien fürs Mutmachen
- Die Inspiration aus dem Unerklärbaren
- Die wundersame Kraft der Mysterien
- Den Regisseur meiner Träume

DEIN BRIEF

Auf
den langen
Zeilen
ging ich spazieren

An
starken
Worten
habe ich mich
angelehnt

Über
die heiteren
Sätze
bin ich getanzt

Die
Stelle
mit dem
Herzblutklecks
ist mir
vor den Augen
verschwommen
zu einem
roten See

jetzt tauche ich nach dir

Voy Miro

PROLOG

Welchen »Vertrag« haben Sie mit Ihrem Liebsten, Ihrer Partnerin geschlossen? Nein, nicht den auf einem schriftlich fixierten Dokument. Es geht um das Band, mit dem zwei sich liebende Seelen miteinander vereint haben; das stumme Versprechen, dessen Geheimnis im Verborgenen ihrer Herzen liegt.

Bei einer kontemplativen Rückschau auf unser Leben, sehen wir oft Vieles in einem anderen Licht. Wir haben uns verändert, haben uns zu uns selbst hin – und vom DU weg entwickelt, sind eine Andere, ein Anderer geworden; dies vor allem in den Augen des Partners, der Partnerin. Wir haben im besten Fall zu uns selbst gefunden.

In Julia's Geheimnis tauchen Sie ein in psychische Verstrickungen, erfahren die geheime Botschaft nächtlicher Träume, nehmen Sie teil an einem Mysterienspiel, das bis in tiefste Abgründe menschlichen Seins hinabführt und werden so Zeuge, wenn harte Realität & spirituelle Transzendenz, wenn Hure und Heilige, sich in himmlischer Umarmung zu einem göttlich Höherem vereinigen.

Eine teils reale, teils religiös-phantastische Geschichte, verwoben zu einem Labyrinth, zu einem surrealen Irrgarten des Lebens. Szenen, die uns zu Mitwissern machen bei klerikalem Missbrauch an einem Kind, die uns Einblick gewähren in die Welt der Prostitution – bis hin zu Mord. Und: die uns mitnehmen in die unergründlichen Geheimnisse des Unerklärbaren, das uns mit lustvollem Schaudern an so manches Märchen unserer Kindheit zu erinnern vermag.

Hinweis: Ein Teil der im Buch real anmutenden Szenerie rund um den Mord an Julia wurde als Basis-Information einer Reportage im Magazin der Süddeutschen Zeitung aus dem Jahre 1996 entnommen und im Kontext literarisch verfremdet.

VOY MIRO

Unter diesem Pseudonym schreibt ein Autor, der in den Wirren der letzten Kriegsmonate des Zweiten Weltkrieges im europäischen Osten unter Fliegeralarm und Bombenhagel das Licht der Welt erblickte. Da er unter Deutscher Nationalität geboren wurde, musste die Familie vor dem Morden des tschechischen Pöbels an der deutschen Bevölkerung sowie vor den heranrückenden Panzern der Roten Armee aus ihrer Heimat fliehen.

Die Familie fand eine neue Heimat im Westen, wo für sie in einer der schönsten Städte der Deutschen Romantik ein neues Leben in Freiheit und Frieden begann; für den kleinen Voy die ersten Sonnenstrahlen auf einem Weg, auf dem er die in seinen Genen angelegte Poesie zur Kunst des kreativen Schreibens kultivierte: Voy Miro textet für international operierende Werbe-Agenturen mit Sitz in München und New York.

In späteren Jahren begann der Autor nach ersten erfolgreichen Lyrik-Projekten mit dem Schreiben von Prosa. Insgesamt erschienen Gedichte und Aphorismen, wobei Letztere schon seit Jahren von Verlagen, Studenten für Bachelor-Arbeiten, Autoren der Belletristik wie auch für Sachbücher (Lehrmaterial an Gymnasien) angefordert werden. Ebenfalls kam neben seinen Reflexionen zur Kindheit in »Mein Vaterhaus« die teuflische Kriminalgeschichte Mechthild – ohne Leiche kein Mord* zur Veröffentlichung, welche in der Presse sowie bei vielen Leser*Innen positive Resonanz fand.

** Neuauflage geplant*

Alles was wir sehen
oder scheinen,
ist nichts als ein Traum
in einem Traum.

(Edgar Allan Poe)

TEIL EINS

Nichts schien darauf hinzudeuten, dass dieser Tag anders werden würde als sonst. Im Salon konnte man die übliche Betriebsamkeit beobachten wie man sie all die Jahre gewohnt war. Da wurde einer Kundin gerade das Haar gewaschen, einige andere langweilten sich unter der Trockenhaube während ein monotones Schnippschnapp der betriebsamen Scheren, vermischt mit verbalen Offenbarungen, intimen Enthüllungen klatschfreudiger Damen, den Raum mit den kleinen und großen Dramen des alltäglichen Wahnsinns erfüllte.

»Salon Kilian, ja, heute noch? Gut, wenn Sie es schaffen, spätestens in einer halben Stunde hier zu sein,eine Kundin hat gerade abgesagt, da könnten wir sie reinnehmen, also dann, bis gleich.«

Kilian hatte aus der hinteren Ecke des Salons mitgehört und mitbekommen, dass in einer halben Stunde eine neue Kundin zu ihm kommen würde. Der Termin war kein Problem. In wenigen Minuten würde er mit der momentanen Dauerwelle fertig sein.

Während seiner Arbeit hatte der Coiffeur den Blick frei durch das Panoramafenster im Erdgeschoss. Auf der Straße das übliche Treiben. Nichts, was seine Aufmerksamkeit in besonderem Maße zu erregen vermocht hätte. Kilian prüfte mit sicherem Blick, hinter seiner neuen Kundin stehend, das soeben von ihm geschaffene Hair-Styling einer schwarzhaarigen Frau in jugendlichem Alter. Ihr Gesicht konnte er im Spiegel vor sich sehen, und er sah es gern – sie war eine attraktive Frau, in deren feinen Gesichtszügen er Geheimnisvolles zu lesen vermeinte.

Die filigranen Bewegungen der Hände des Coiffeurs wechselten jetzt zu den Naturlocken am Deckhaar, danach tippten Zeige- und Mittelfinger, verbunden mit einem prüfenden Blick, sanft auf die Schläfen der Kundin, und sein Fingerdruck gab ihr zu verstehen, dass sie ihren Kopf aus der nach vorn gesenkten Haltung zurücknehmen sollte in eine aufrechte, gerade.

Kilian prüfte jetzt den Schnitt im Ganzen. Dabei irrten seine Blicke erneut für einige Sekunden durch das Fenster. Er bemerkte einen Ball über die Straße rollen, einen roten Ball, und ein Kind rannte dem Ball hinterher. Die Bremsen eines Autos quietschten, heulten auf wie eine Sirene.

Kilian erstarrte. Auch die Kundin gelangte jetzt durch ihre aufrechte Haltung in eine weitsichtige Blickposition, (seitlich am großen Spiegel vor ihr vorbei) auf das Geschehen draußen vor dem Salon. Der Wagen war zum Stehen gekommen. Das Kind, wohl ein Junge, war ein Stück weit weggeschleudert worden, direkt vor das Fenster, und mit dem Kopf auf der harten Kante des Bürgersteigs aufgeschlagen. Kilian und die Kundin sahen jetzt das verletzte Kind direkt vor sich, und ihre versteinerten Blicke berührten den blutüberströmten Kopf des Kindes. Die schwarzhaarige Frau wandte sich mit Entsetzen ab, schlug die Hände vor ihr Gesicht, drehte den Kopf zur Seite. Aus ihrem Mund ein Aufschrei: »Nein!, nein!«

Kilian erstarrte in seiner Fingerbewegung – hielt die Schere in der Luft zum Schneiden bereit – während sein Blick sich geistesabwesend und lange, viel zu lange, in den verletzten Kopf des Kindes vergrub. Erst als er durch die inzwischen im Salon ausgebrochene Hektik wieder zu sich kam, stellte er sich, verwirrt, wie nach einem bösen Traum, dem taggrellen Bild der Realität, und seine Augen schweiften auf der Straße umher, fanden den Ball, den er kurz darauf in einer Pfütze schwimmend entdeckte. In seinem Kopf brauste es auf wie ein Orkan.

Irgendwann am späten Abend, nachdem er sich zum wiederholten Male die Unglücksbilder von einem Autorennen angesehen hatte, schaltete Kilian den Fernseher ab und rief in Richtung Küche: »Ich muss noch mal schnell in den Salon, die Wäsche aus der Maschine nehmen, bin bald zurück Schatz!«

Das »Komm aber nicht wieder so spät!« vernahm er nur noch am Rande, die letzten Worte verhallten im Treppenhaus. Als der Wagen aus der Garage fuhr, war es bereits zweiundzwanzig Uhr. Kilian musste sich beeilen, denn in spätestens einer Stunde wollte er wieder bei seiner Frau sein. Von zu Hause aus waren es nur wenige Minuten in die Innenstadt.

Kilian parkte direkt vor dem Salon.

Mit der Routine einer Hausfrau zog er die Wäsche aus der Trommel, stopfte sie in den Trockner, schaltete ein, lief darauf in den von der Straße her nur düster erhellten Salon, ließ sich auf dem Stuhl nieder, auf dem vor wenigen Stunden noch die schwarzhaarige Frau gesessen hatte, sah mit bangem Herzen durch das Panorama-Fenster auf die momentan kaum befahrene Straße. Der fahle Schein der Straßenlaterne tauchte die Todesstelle in ein gespenstisches Licht.

Des Coiffeurs Augen verlangten nach dem Rot des Blutes. Er vermochte aber keine Spuren des Unfalls mehr auszumachen. Der Asphalt schimmerte schwarz. Doch da!, da war eine Stelle, an der er noch Reste von Blut auszumachen vermochte, verwaschen zwar, blass, aber bei genauerem Hinsehen gerade noch zu erkennen.

Eine Passantin lief jetzt nahe am Fenster vorüber, entdeckte innen im Salon den Coiffeur, eine schemenhafte menschliche Gestalt –

aus dem Unheimlichen nach Draußen starrend. Die Frau erschrak, begann zu laufen.

Kilian amüsierte sich insgeheim über diesen, eigentlich ganz zufälligen, Schabernack, den er ganz unbeabsichtigt, gewissermaßen in gekonnter Hitchcock-Manier, inszeniert hatte. Gut gelaunt nahm er die einzelnen Wäschestücke, das textile Arbeitsinventar des Salons, aus dem Trockner, legte jedes einzelne fein säuberlich zu einem Stapel zusammen. Danach sah er auf die Uhr und wusste, dass er sich beeilen musste.

Als er den Salon verließ, ging er die wenigen Meter zu seinem erneuten Ziel zu Fuß. Wenige Häuser weiter blieb er jetzt stehen und sah nach Oben; im zweiten Stock brannte Licht. Er hatte nicht den geringsten Zweifel: sie erwartete ihn. Am Telefon hatte er ihr von dem Unfall vor dem Salon erzählt und dass er auf jeden Fall zu ihr kommen wolle, wie so oft um diese Zeit. »Ich warte«, hatte sie nur in den Hörer gehaucht, »ich warte.« Wenige Minuten später überraschte sie ihn in einem eng anliegenden Schwarzen.

»Was hast du Vera gesagt?«

»Bin im Salon wegen der Wäsche.«

»Hier, darfst sie aufmachen!«

Der Coiffeur nahm die Sektflasche, stellte sie jedoch ungeöffnet wieder beiseite, dorthin, wo Julia die schwarze Kassette mit dem goldenen Zierrand deponiert hatte, die diskrete Kasse mit den Scheinen darin: ihr Lohn für die Liebe.

Kilian nahm Julia in den Arm, drückte sie an sich, küsste sie. Während er mit seinem rechten Knie sanft an ihrer Scham spielte, spürte er wohltuend ihren warmen, ihren ihn begehrenden Körper. Die Geliebte ließ sich in seine Arme fallen. »Komm!, gehen wir aufs Bett!« flüsterte sie ihm verführerisch ins Ohr.

Kilian zögerte. Irgend etwas sperrte sich in ihm. Verwundert und nach einer Antwort suchend, blickte sie ihm in die Augen. »Es geht heute nicht, ich kann nicht!« »Der Unfall?« fragte sie in nahezu mütterlichem Tonfall zurück. »Das Kind, ja, ich habe noch das Kind im Kopf.«

»Es ist schrecklich, du hast recht. Aber es ist jetzt sicher im Himmel, hat keine Schmerzen mehr. Komm'!, gib mir einen Kuss, mein geliebter Coiffeur, mein Kili, bitte, einen Kuss.«

Als er sich um Mitternacht zu Bett begab, sich neben seine Frau legte, sinnierte Kilian noch eine Weile über alles nach, was ihm heute widerfahren war. Unruhig, wie er war, wälzte er sich von der einen auf die andere Seite und schlief erst spät ein. Die Traumbilder, die ihn heimsuchten, ließen seinen Atem, kaum dass er eingeschlafen war, wieder heftiger werden, auch ein leises Stöhnen war zu vernehmen. Er sah sich im Traum mit einer militanten Armee von Kindern konfrontiert, ein Demonstrationszug, Schulkinder mit angsteinflößenden Helmen auf dem Kopf – Kriegshelme, wie sie die Soldaten früherer Schlachten trugen und wie sie einem von den alten Kriegsfilmen, die er sich hin und wieder anschaute, vertraut waren. Und dieses Heer der Kleinen war bewaffnet mit Lanzen, mit denen sie auf die vorbeifahrenden Autos einstachen, wild einschlugen. Die auf den Gehwegen flanierenden Passanten verhielten sich dabei erstaunlicherweise neutral, liefen ihres Weges, als würde nichts Besonderes geschehen. Auch war keine Polizei, keine Ordnungsmacht, zu sehen, die diesem Treiben Einhalt geboten hätte. Es lag ein eigenartiges, rötliches Licht über dem Geschehen, und als Kilian im Traum nach oben blickte, sah er statt der Sonne, einen riesigen, dunkelroten Ball, einen glühenden Spielball am Horizont, ein Bild, das dem eines Sonnenuntergangs glich. Was ihm nach dem Erwachen besonders in Erinnerung blieb, war eben dieses Glühen, dieses rote Leuchten wie er es im Traumbild wahrgenommen hatte, und er meinte darin eben jenen Ball zu erkennen, der das Kind im Spiel vor das fahrende Auto, in den Tod gerissen hatte.

*

»Schatz, wann bist du gestern eigentlich gekommen, ich hab' dich gar nicht gehört, muss wohl schon tief geschlafen haben?«

»Weiß nicht mehr genau.«

»Alles okay im Salon?«

»Alles okay.«

»Du, Kili, heute Abend, du gehst doch mit, zur Vernissage, nicht wahr?«

»Weiß nicht.«

»Du hast es mir versprochen!«

»So, hab' ich das?«

»Ja das hast du!«

»Na gut, ein Stündchen!«

»Wart ab, vielleicht gefällt's dir. Du weißt doch, sie ist eine gute Kundin von uns, wir müssen da schon hin!«

»Uhrzeit?«

»Zwanzig Uhr.«

»Is' gut, ich geh' mit.«

»Danke, Schatz.«

Vera gab ihrem Mann einen Kuss. Dann machten sie sich auf den Weg in den Salon, in dem sie beide arbeiteten.

An diesem Tag war der Unfall das Tagesgespräch. Die Kundinnen bestürmten den Coiffeur mit Fragen, und Kilian musste immer wieder das Schreckliche erzählen. Den ganzen Tag die gleiche, grauenvolle Geschichte. Und er erzählte nicht nur das Geschehen an sich, nein, er schmückte aus, schilderte detailliert, präzise, mehr noch, er geriet dabei in einen blutigen Rausch, legte den Frauen den verletzten Schädel des Kindes vor Augen, so dass einigen übel wurde und sie die Toilette aufsuchen mussten.

Der Coiffeur genoss dies, lief bei seinen Erzählungen gar zur verbalen Höchstform auf, bemerkte dabei nicht, dass er die Frauen damit anwiderte, erschreckte, denn so detaillierte Schilderungen des Unfallgeschehens hatten sie nicht erwartet.

Kilian konnte kein Ende finden, immer wieder schockierte er, wie unter einem inneren Zwang. Ab und an versuchte sich seine Frau einzumischen, ihn zu bremsen bei seinen blutigen Ausschmückungen, doch Veras Bemühungen blieben ohne Erfolg.

Als am Abend die letzte Kundin den Salon verließ, hatte er das Unfallgeschehen zum wiederholten Male erzählt, und als er später, nach dem Abschließen des Salons, die Kasse prüfte, sah man ein zufriedenes Lächeln seinen Mund umspielen.

Die Frauen mochten ihren Coiffeur. Kilian war ein schlanker, jugendlicher Typ mit langen, wuscheligen Haaren und träumerischen Augen. Er gab sich ausgesprochen empathisch und bemühte sich stets, es allen recht zu machen. In der Tat, er war mehr als nur ein Friseur, er war ein Hair-Stylist großer Klasse, und seine kreative Hand wurde von allen sehr geschätzt. Er forderte sich bis zum Letzten, und der Erfolg an sich war für ihn der Maßstab aller Dinge. Unterhaltungen und Tratsch unter Frauen, auch wenn Vieles noch so interessant, nachdenkenswert war, langweilte ihn.

Dabei waren es gerade die Frauen, insbesondere Vera, die sein Innerstes, das er streng verschlossen hielt, aufzubrechen sich bemühten, was zu heftigen Szenen, zu Streit und Bitterkeit führte; denn sein Leben, das war die Logik der linken Gehirnhälfte, das waren Fakten, das war das Berechenbare, das klar Definierbare, das Präzise, das waren Informationen, Ursache und Wirkung, das Lineare, das waren festliegende, unumstößliche Strukturen, eine grammatikalische Gefühlswelt, Wörter, die nicht Bilder, sondern Zeichen waren.

Kilian war ein Mensch, geprägt von starker Polarität, was zur Folge hatte, dass er auch Menschen bewunderte, die bis an ihre Grenzen gingen, das Risiko des Todes dabei in Kauf nehmend. Ja, und da war das mit dem Mystischen, das ihn anzog, das ihn faszinierte, weil es etwas in ihm bewegte, berührte, zu dem er auf normale Weise im Leben keinen Zugang fand: und genau daraus zog er die Kraft, die es ihm ermöglichte, tief verschüttete, in der Kindheit verankerte Prägungen und Emotionen zu erspüren, vor allem diese Saiten in sich zum Klingen zu bringen. Es waren aber keine melodischen Klänge, es waren überspannte Saiten, die, wenn sie in ihm zum Schwingen kamen, Klangbilder von Strenge, von quälender Dissonanz erzeugten.

Die Vernissage begann pünktlich um zwanzig Uhr. Als Vera und Kilian etwas später erschienen, war die Laudatio bereits schon im Treppenhaus zu vernehmen. Von dem Werdegang der Malerin, einer Frau um die Fünfzig, war zu hören, von ihrer Lebensgeschichte, ihren beruflichen und musischen Stationen, nach denen man auf die Maltechniken und die Schule der Künstlerin überleitete.

Nach der Rede verteilten sich die Gäste, die bis dahin in Trauben eng zusammengestanden hatten, und ein jeder bahnte sich den Weg zu seinem Bild, zu seinen Werken, vor denen sich wiederum kleine Gruppen bildeten.

Die Räume waren erfüllt von einem polyphonen Gemurmel, und nur wenn man näher an die Betrachtenden herantrat, konnte man vereinzelt engagierte Kommentare mitbekommen.

Vera stand in einer Gruppe von Frauen, die sich angeregt unterhielten. Kilian war in das obere Stockwerk gegangen, hatte dabei jedoch kein bestimmtes Bild im Auge, war mehr an den Menschen, als an den ausgestellten Kunstwerken interessiert. Doch dann zog es ihn plötzlich doch zu einem Bild: es stellte einen weiblichen Akt dar. Er blieb davor stehen, und man vermochte jetzt an seiner Mimik abzulesen, dass er etwas in der Grafik zu suchen schien; die bloßen, nüchternen Striche vermochten seinem ästhetischen, künstlerischen Anspruch nicht zu genügen; er vermisste etwas für ihn sehr Elementares, nämlich die in seinem Kopf tief verwurzelten klassischen weiblichen Rundungen, die er auf diesem Werk nur ungenügend auszumachen vermochte.

Es trieb ihn weiter, Kilian kam zu einem Bild, das eine Frau zeigte, die den Mund (scheinbar im Schmerz) unnatürlich weit geöffnet hatte. Ihre angespannten Gesichtszüge verrieten Angst. Dieses Gemälde sprach ihn an. Er verglich es mit dem »Schrei« von Munch, den er schon ein Mal gesehen hatte, irgendwo in einer Kunstzeitschrift; ein Bild, ein Geheimnis, das ihn aus einem unerklärlichen Grund faszinierte, Tiefliegendes in ihm berührte.

»Hallo Kili«, hauchte eine weibliche Stimme in sein Ohr.

Er drehte sich um – und da stand SIE. Spontan wollte er sie in den Arm nehmen, doch gerade noch rechtzeitig wurde ihm klar, dass er sie ja hier nicht kennen, nicht so kennen durfte, und er ging einen Schritt auf Distanz, rein körperlich, doch mit den Augen berührte er sie schon, intim, herzlich, begehrend. Da entdeckte er etwas auf ihrer Bluse, etwas, was da nicht hingehörte und mit gekonntem Griff zupfte er ihr ein Haar von dem Kleidungsstück, ein besonders langes Haar.

»Hast du was mit Hunden?« überraschte er sie und hielt ihr das Haar vor die Augen.

»Das hier ist ein Hundehaar!«

»Ach ja?«

»Du hast doch aber gar keinen Hund.«

»Ich hatte für ein paar Tage einen in Pflege, er ist von ... er ist von Nils.«

»Wer ist Nils?«

»Hab' ich dir noch nicht von ihm erzählt?«

»Nicht dass ich wüsste.«

»Er ist ein Liebhaber.«

»Ein ganz besonderer Liebhaber?« bohrte der Coiffeur weiter.

»Vielleicht wird er ein ganz besonderer.«

»Was soll das heißen?«

»Nichts.«

»Nichts? Bitte, Julia, wer ist dieser Nils?!«

»Du weißt doch, dass Frauen wie ich einen Mann brauchen, einen starken Mann, einen, der uns beschützt in diesem Metier«

»Aha, ich verstehe.«

»Komm, lass uns weitergehen, da hinten sehe ich Vera.«

»Gut, und wohin gehen wir?« »Dorthin!«

Kilian zeigte auf ein Bild am anderen Ende des Flures, das er anscheinend schon vorher beim Vorübergehen entdeckt hatte und das er jetzt mit ihr gemeinsam betrachten wollte. Das Bild, ein Werk in altmeisterlicher Lasurtechnik, zeigte einen kleinen Jungen, der vor einem Mann niederkniete. Der Mann war gleich einem Geistlichen gekleidet, ein Talar umwehte seinen rundlichen Körper. Er schien auf den Jungen einzusprechen, ein Blondschopf,der auffallend demütig dargestellt war. Im Hintergrund des Gemäldes brannten Kerzen auf einem Altar. Das Ganze schien in einer Kirche oder einem Kloster zu sein. Die Aura, die über dem Geschehen lag, war düster, schwer.

»Es erinnert mich irgendwie an die alte Zeit der strengen, katholischen Erziehung«, bemerkte Julia. »Ich mag es nicht, es bedrückt mich.«

»Ja, du hast recht, es ist deprimierend, lass uns weitergehen.«

Inzwischen war Vera in ihre Nähe gekommen.

»Hallo, Juli, schön, dass du auch hier bist!«

»Klar, wo ich doch so eine schöne Einladung bekommen habe; übrigens, meine Haare, nicht so toll im Moment, findest du nicht auch?« »Wenn du willst, kannst du gleich morgen um zehn kommen. «Oh schön!, Danke!, gut, bis morgen.« »Dann noch viel Spaß beim Anschauen, und verführ' meinen Mann nicht!«

»Mach dir keine Sorgen Vera, wo denkst du hin!«

*

War wohl okay so, dass ich nicht mehr mit zu Julia, sondern gleich gegangen bin. Aber wer, verdammt noch mal, ist eigentlich dieser Nils? Doch nicht etwa mein Sportsfreund Nils? Ausgeschlossen! Zugegeben, er sieht nicht übel aus, und ein guter Spieler ist er auch. Außerdem hat er Kondition. Aber was red' ich mir da ein! Männer mit dem Namen Nils gibt's wie Sand am Meer. Warum sollte er also ausgerechnet d e r Nils sein?!, seh' ja ein, dass man im Gewerbe einen Beschützer braucht. Hoffentlich ist er kein Blutsauger, der sie ausnimmt, doch dann würde sie bestimmt anders von ihm reden. Also muss sie ihn wohl schon länger kennen; soll ja auch charmante Jungs geben in diesen Kreisen.

Und weiter setzte Kilian seine inneren, lautlosen Monologe fort ... ach was soll's!, werd' mir noch einen Absacker bei MARLENE gönnen. Irgendwann werd' ich Nils schon begegnen. Und überhaupt Kilian, sprach er weiter zu sich selber, was soll diese Anwandlung von billiger Eifersucht?! Ist ja nicht deine Frau. Hast ja keine Rechte. Warum muss die auch so einen Job machen? Warum, warum? Blöde Frage. Warum bin ich überhaupt Friseur geworden? Da hab' ich mich durchs Internat gequält, und jetzt das hier. Von morgens bis abends im Salon stehen und Köpfe stylen. Na gut, meistens macht's ja Spaß und eigentlich ist es doch besser, als in irgendeinem popeligen Büro zu versauern und Akten von da nach dort zu schieben; komm' doch nah mit Menschen zusammen, mit Frauen, schönen Frauen, schrägen Typen, allerlei skurrilen Gestalten. Mensch, Kilian!, wenn das keine Abwechslung ist.

Wenn das nicht LEBEN ist! Da tut sich doch was bei dir. Nun ja, abends bin ich oft ganz schön fertig. Das viele Geschwätz kostet schon Nerven. Hätte gleich Psychiater werden sollen. Aber was soll's, ich hab's ja so gewollt; konnt' ich mich doch so selbständig machen, kreativ sein. Nicht ohne Grund verlangen sie alle nach KILIAN! Muss wohl was dran sein an meinen Händen. An mir.

*

»Hallo, Kilian, auch mal wieder hier?«

»Du, ich suche hier nach einem Nils, weiß aber nicht, was für'n Kerl das ist und wie er aussieht.«

Die Frau an der Bar lächelte wissend in sich hinein. Sie kannte den Coiffeur, hatte er ihr doch schon des öfteren die Haare gestylt, eine gute Kundin des Salons.

»An den ist nicht so leicht heranzukommen, der ist immer unterwegs, mal hier, mal dort. Der muss sich ums Geschäft kümmern. Du weißt ja« ... jetzt winkte sie Kilian näher an sich heran, »die Schweizer Kundschaft hat in letzter Zeit stark zugenommen, kommen alle von Basel rüber, da muss Nils sehen, dass der Laden läuft. Werd' nachher mal nach ihm schauen.«

»Danke, ich werd' mich solange mal gemütlich in einen Sessel hier verdrücken.«

»Okay, werd' dir dann 'nen Wink geben!«

Das vom Stadtzentrum nur wenige Gehminuten abseits gelegene Amüsierviertel war der Geheimtipp – vor allem für die Schweizer Kundschaft.

Kilian ließ sich auch deshalb hin und wieder hier blicken, weil er auf diese Weise ganz zwanglos Kundinnen traf, denn er wusste, es war gut fürs Geschäft, wenn er sich nach außen nicht nur brav und bieder präsentierte, sondern auch zu verstehen gab, dass er das Milieu nicht scheute und sich darin so selbstverständlich bewegte wie einige der Frauen selbst in diesem Umfeld.

Der Coiffeur hatte, und das hielt er streng geheim, ein Faible für das Verruchte, für die Unterwelt, für die dunkle Seite seines Mondes; etwas, das seine Wurzeln irgendwo tief verborgen in seinem Lebenslauf zu haben schien. Tief drinnen, in seinem Herzen, hegte er ein Misstrauen gegen das Normale, das Anständige, das Biedere, das ihm verlogen schien; so also rebellierte etwas in ihm gegen die Moral der Gesellschaft. Im Milieu dagegen fand er Menschen, die ihm seelenverwandt schienen, die er gar in sein Gesicht hinter der freundlichen Maske des Tages blicken ließ. Auch liebte er die Offenheit, ja selbst auch das Herzliche in diesen Kreisen.

In argen Stressmomenten konnte es passieren, dass er dabei eine Barriere überschritt, seine eingespielte Contenance verlor, die Mitarbeiterinnen seines Salons mit ungewohntem Vokabular in Verlegenheit brachte. Selbst vor Vera, seiner Frau, machte er da keine Ausnahme. Und nach einem solchen über den Salon hereingebrochenen Gewitter war die Aura für jedermann spürbar aufgeladen.

Da dies aber nur selten geschah, nahm man ihm diese verbalen Übergriffe nicht übel, im Gegenteil, so manche Kundin schmunzelte nur über seine Sorgen, seine Nöte, und verstand es, seine launischen Ausbrüche auf eine charmante Art zu harmonisieren.

Das kleine Sexkino in einem Hinterzimmer von MARLENE war gut besucht; vorwiegend Männer tummelten sich darin, auch Frauen in Begleitung ihrer Partner, biedere Hausfrauen, Mütter sowie Damen mit ihren Freiern. Es war ein ständiges Kommen und Gehen, so dass keine Intimität aufkommen konnte, ein flüchtiger Lustjahrmarkt, und das Programm bot alles, was der Bauch begehrte, für jeden war ein individuelles Angebot dabei.

Der Coiffeur erlebte das gesamte Ambiente bei MARLENE heute mit einer gewissen Ambivalenz. Mit seinen Gedanken wanderte er ziellos umher. Er fragte sich beispielsweise, was Vera wohl gerade machte, ob sie noch bei der Vernissage weilte und er grübelte darüber nach, wo sich Julia wohl gerade aufhalten mochte. Auch machte er in Gedanken einen Abstecher nach Hause, ins Kinderzimmer, in dem er seine Kleine, die Verena wusste, und es überkamen ihn Sorgen, ob sie wohl auch schliefe und für einige Sekunden erfasste ihn eine innere Panik bei dem Gedanken, dass sie jetzt aufgewacht, schreiend und weinend nach Mutter und Vater suchend, in der Wohnung umherirren könnte.

Ein dringendes Bedürfnis ließ ihn sich vom Sessel erheben und die Toilette aufsuchen. Im WC-Raum ging er nicht gleich zum Pissoir, sondern blieb vor dem Waschbecken stehen, sah prüfend in den Spiegel, zog seinen Kamm hervor, brachte seine Frisur in das gewünschte Styling. Er war zufrieden mit seinem Aussehen, ja mehr noch, er fand sich attraktiv.

Während er noch versunken narzisstisch in sein Abbild vertieft war, sah er im Spiegel einen Mann an sich vorübereilen. Gleich darauf wagte Kilian einen verstohlenen Blick zu seinem Nachbar, in dem er jetzt seinen Kumpan vom Sport erkannte.

Auch Nils hatte Kilian inzwischen erkannt, doch keiner von ihnen ließ sich in diesen Momenten etwas anmerken. Nils drückte den Spülknopf als Erster, zog danach den Reißverschluss der Hose absichtlich umständlicher zu als sonst, um Zeit zu gewinnen, eine spontane Gelegenheit zu finden, locker mit Kilian in ins Gespräch zu kommen.

Nils war inzwischen zum Waschbecken gegangen, sprach Kilian jetzt ganz direkt an ...

»Verwundert, mich hier zu treffen?«

»Nein, eigentlich hab' ich dich hier vermutet, du, Nils, Frage: sagt dir der Name Julia was?«
»Klar sagt der mir was, kennst du die Kleine?«

»Ich liebe sie.«

»Was, du liebst ‘ne Professionelle?«

»Sie ist keine!«

»Was dann, mein Lieber?«

»Sie ist ... sie ist ...«

»Sie ist und bleibt eine, die du kaufen kannst.«

»Klar, für dich ist sie 'ne Arbeitskraft, die Kohle bringt, versteh' ich ja, aber für mich ist sie mehr!«

»Will sie dir ja nicht wegnehmen, Kumpel, kannst sie jederzeit haben.«

»Du ..., ich meine ..., du behandelst sie doch gut?!«

»Was denkst du denn? Julia ist meine beste Freundin. Komm, lass uns was trinken geh'n, bist eingeladen.«

*

Vor dem Einschlafen musste Kilian noch lange an das Gespräch mit Nils denken, an sein Leben, das er ihm erzählt, an die seelischen Verwundungen, die ihm sein Vater zugefügt hatte, sein Vater, ein hohes Tier beim Militär, der ihn biegen und seinen Stolz, seine Würde als Mensch, brechen wollte, die ihm, dem Vater, ein Dorn im Auge war. Nils hatte auch erzählt, wie er mit sechzehn von zu Hause abgehauen war um seinen eigenen Weg zu gehen, nicht den des Vaters, sondern seinen Weg, den Weg von Nils Rimak.

Diese Saiten, die da angeklungen waren, hatten Kilian Nils nähergebracht, hatten ihn dazu veranlasst, den Sportskameraden in seelischer Freundschaft anzunehmen; denn all die Delikte, deren sich Nils Rimak schuldig gemacht hatte, entstammten nicht irgendwelchen kriminellen Energien, nein, sie waren für ihn, den damals Jugendlichen, zu einer Frage des Überlebens geworden, so dass er keine andere Wahl hatte, was er vor Jahren dem Gericht auch beteuerte, doch der Pflichtverteidiger hatte ganz andere Sorgen, ihm war es letztlich egal, wie die Herren der Justiz entscheiden würden.

In der Tat, eine lange Reihe trivialer Verkettungen zu seinen Ungunsten, die Nils seinem Sport-Kumpel detailliert erläuterte; all das hatte Kilian zu denken gegeben, und er zweifelte danach keinen Augenblick daran, dass Nils im Grunde seines Herzens okay war. Außerdem hatte er erwähnt, in den nächsten Jahren für immer in die USA zu gehen, um dort bei einem alten Freund ins Bank-Geschäft einzusteigen; er habe schon super Angebote bekommen. Vielleicht werde er Julia dabei sogar mitnehmen, wenn sie es möchte. Zuvor aber, so hatte er gesagt, wolle er aber mit ihr einen Kurz-Trip in die Staaten, nach Florida, machen, eine Reise, von der Julia schon so lange träume und die er, Nils, ebenfalls im Programm habe.

»Warum also Julia nicht mitnehmen?« hatte er zu Kilian gesagt, »sie hat es verdient. Sie ist ja ein armes Luder, wie also sollte sie selbst die viele Kohle dafür aufbringen, wo sie doch so eigenwillig ist und nur die Kerle an sich ran lässt, die Stil haben, Manieren, menschliche Umgangsformen, Niveau!“ Und während er die Zigarettenkippe ausdrückte, fuhr er fort: »Wo wir zwei aufkreuzen, Julia und ich, da glotzen sie alle, wir sind halt ‘n tolles Paar!«

Am Ende des Gesprächs hatten sie sich beide richtig angefreundet. Darüber freute sich Kilian, und als er später in seinem Bett lag, war er mit sich und der Welt zufrieden.

*

Den Traum, den er in der folgenden Nacht hatte, vermochte er sich am anderen Morgen nicht zu erklären: Er war mit Julia in irgendeiner Stadt unterwegs; vor einem Schuhladen betrachteten sie gemeinsam interessiert die Auslagen. Nachdem Kilian besonders ausgefallene Stiefel entdeckt hatte, betraten sie das Geschäft. Kilian ließ sich die gewünschten Schuhe bringen und probierte sie an. Auch Julia war von Kilians Wahl hin und weg. Als er der Verkäuferin zu verstehen gab, dass er diese und keine anderen jetzt gleich nehmen möchte, erkannte er blitzartig zu seiner größten Verwunderung in ihr seine Frau, Vera, und diese gab ihm deutlich zu verstehen, dass sie ihm diese Schuhe nicht verkaufen könne, ja nicht verkaufen wolle!

Daraufhin blickte Kilian nun recht verwirrt, sich Vieles innerlich fragend, auf das Begehrte vor ihm, und konnte nicht begreifen, dass er die so sehnlichst begehrten Schuhe nun doch nicht bekommen würde. Als beide aufstanden, um zu gehen, wandten sie sich noch einmal nach der Verkäuferin um. Diese war aber nicht mehr da, und an der Stelle, an der diese mysteriöse Frau, die Vera so ähnlich sah, gestanden hatte, blökte jetzt ein ziegenähnliches Tier mit gekrümmten Hörnern, in dem Kilian einen Widder zu erkennen glaubte, und

dieses Tier stieß sie beide nun mit den Hörnern energisch aus dem Geschäft. Und weiterhin befremdeten ihn die seltsamen Geschehnisse in seinem Traum: Draußen, gleich neben dem Ausgang, stand ein Mann, den Kilian als seinen Vater erkannte. Dieser Mann sah ihm mit stechendem Blick in die Augen und streckte ihm dabei in militärisch aufforderndem Gebaren einen Zettel entgegen.
»Da, nimm und lies, was ich geschrieben habe!«

Kilian betrachtete das beschriebene Papier und stellte fest, dass sein Vater das soeben im Geschäft Vorgefallene peinlich genau aufgeschrieben, ja geradezu protokolliert hatte.

Als Kilian sich nun protestierend seinem Vater entgegenstellen wollte, erwachte er aus seinem Traum, öffnete schlaftrunken die Augen und erkannte neben sich Vera, die noch schlief. Ein Blick auf den Radiowecker zeigte ihm an, dass es erst drei Uhr war, und er freute sich, noch eine lange Nacht (mit hoffentlich schöneren Träumen!) vor sich zu haben.

*

Im Salon begann der Tag wie gewöhnlich. Kilian prüfte mit sachkundigem Blick, ob genügend Vorräte an Shampoos, Festigern und all den erforderlichen Kosmetika sowie ausreichend Handtücher vorhanden waren. Dann untersuchte er die Stühle nach eventuell zurückgebliebenen Haaren, wischte da und dort noch etwas weg, wobei er an einem der Fenster etwas länger verweilte, auf die Straße hinausblickte und eingehend die Stelle betrachtete, an welcher der Unfall geschehen war.

Anschließend begab er sich zu den in einer Ecke des Salons abgestellten Trockenhauben, prüfte da, kontrollierte dort, und begrüßte nebenbei die Angestellten und Auszubildenden, die jetzt nacheinander das Geschäft betraten, mit einem kühlen »Guten Morgen.« Vera nahm die ersten Telefonate entgegen, vereinbarte Termine, ging in die Küche, um Kaffee aufzusetzen.

Der Salon füllte sich zwischenzeitlich mit meist jungen, in der Blüte des Lebens stehenden, Menschen und in der trockenen Luft vibrierte ein eigentümliches Gemisch aus menschlichen Stimmen; es waren auch zwei Prostituierte aus dem grenznahen Amüsierviertel dabei, und der alltägliche Betrieb nahm seinen gewohnten Lauf.

Als das Telefon nicht zur Ruhe kam, Besuche abgesagt und Termine verschoben werden mussten, brach bei Vera und Kilian wieder einmal das große Lamentieren darüber aus, dass der Salon auf Dauer nun doch zu klein sei, dass man sich endlich vergrößern, sich der ständig steigenden Nachfrage des Marktes, der Nachfrage nach Kilians kreativer Hand, anpassen müsse. Im Hinterkopf der beiden entstanden erste blasse Bilder eines neuen, größeren Salons in noch besserer Lage.

Dabei hatten sie jetzt schon ständig Ärger mit den Angestellten, der dauernde Wechsel,der Mutterschutz, der Kilian viel zu lange schien und über den er sich ständig echauffieren konnte. Auch wurde hin und wieder Geld aus der Kasse gestohlen, doch der Dieb beziehungsweise die Diebin war nicht auszumachen oder es wurden die wichtigsten Arbeitskräfte krank, und zwar immer gerade dann, wenn der Terminkalender am Überlaufen war.

Diese Sorgen und Nöte blieben nicht auf den langen, anstrengenden Arbeitstag im Salon beschränkt, nein, sie setzten sich nach Feierabend zu Hause fort, so dass für die beiden keine Ruhe, keine Entspannung möglich war, was wiederum zur Folge hatte, dass sie sich wegen verschiedener Ansichten in die Haare gerieten und zwischen ihnen kaum noch Intimität aufzukommen vermochte.

*

Kilian hatte sich für heute Abend eine Jogging-Route ausgesucht, die ihn fordern sollte, denn er hatte vor, seine Kondition zu steigern, seine bisherigen Erfolge zu olympischen Höhen zu treiben. Eine ihm unerklärliche Macht sagte ihm, dass er auch da seinen »Meister« machen, zu äußerster Perfektion gelangen müsse; denn nur dann würde er dem (unbewusst übernommenen) Auftrag seines Vaters gerecht werden, der ihm schon von Anfang an mit seinen präzisen, bis ins kleinste Detail protokollierten Beobachtungen, den exakten Aufzeichnungen seiner ersten Lebensjahre, auf diese (prägende!) Weise zu verstehen gab: der Mensch habe die Aufgabe, sich zu einem perfekt funktionierenden Lebewesen zu entwickeln.

*

Am darauffolgenden Tag, es war gerade Mittagspause, blätterte Kilian in der Zeitung. Dabei fiel ihm eine ungewöhnliche Todesanzeige auf; er dachte sogleich an den verunglückten Jungen. Kilian las den Text mit Herzklopfen. Danach war er sich sicher, dass diese letzten Worte den Tod eben dieses Jungen, der vor seinem Salon ums Leben gekommen war, zum Inhalt hatten. Der Coiffeur grübelte eine Weile vor sich hin und nahm sich schließlich vor, der in der Anzeige angekündigten Trauerfeier beizuwohnen.

Als Kilian mit seinem Wagen durch die melancholische, von dunklen Wolken tief eingehüllte Landschaft des Schwarzwaldes fuhr, bemerkte er nicht, dass sich das Laub der Rebstöcke bereits schon tiefrot gefärbt hatte und nahm so nur unterbewusst das über die gespenstisch wirkenden Hügel fallende, von Nebeldunst geschwängerte Licht, wahr. Er hatte es eilig, hatte sich für wenige Stunden freigenommen. Im Salon würde man ihn in dieser Zeit vermissen, ein Umstand, der in ihm brannte wie eine Wunde, so dass er sich

getrieben fühlte. Aber das mit der Beisetzung, das musste sein! Seine innere Stimme drängte ihn: Kilian, da gehst du hin, keine Frage, du warst Zeuge, du warst der Mensch, der von einer höheren Macht dazu beauftragt wurde, den letzten Sekunden des Lebens dieses Jungen im Anblick des Geschehenen beizuwohnen.
Der Coiffeur hatte sein Ziel, eine Kirche auf einer Anhöhe, jetzt im Blickfeld. In wenigen Minuten würde er dort sein. Und als er kurz darauf seinen Wagen gleich neben dem Friedhof parkte, befielen ihn Gedanken, mit denen er nicht gewohnt war umzugehen: Fragen, die ihn schon damals als Zögling im klösterlichen Internat unter der Obhut von Benediktiner-Patern bewegt hatten und auf die er bis heute keine Antwort finden konnte. Es waren dies die Rätsel der Welt überhaupt, die ihm selbst die hochwürdigsten Geistlichen nicht zu erklären vermochten und ihn deshalb mit den Worten aus der Bibel trösteten, welche besagten, dass es Gottes Wille sei, darauf keine Antworten zu bekommen und wir demütig mit diesen göttlichen Geheimnissen zu leben haben; am Ende jedoch werden wir »erkennen«.

*

Der Coiffeur war in die Kirche eingetreten, hatte in einer der hinteren Reihen Platz genommen und dabei sogleich die Aura zu erfassen versucht, die über dem Ganzen schwebte. Seine Blicke waren jetzt auf die Personen gerichtet, die in der ersten Reihe versammelt waren. Er glaubte, die Eltern des Kindes auszumachen, ein Paar in noch jugendlichem Alter, das in der Mitte saß.

Die Leute neben dem Paar schienen die näheren Verwandten zu sein. Sicher handelte es sich dabei um die Großeltern, was er an den weißen Haaren der beiden zu erkennen glaubte. Neben weiteren Erwachsenen saßen auch mehrere Kinder in der ersten Reihe, Mitschüler, Freunde des Verunglückten, Buben und Mädchen. Und in einem anderen Mann, ganz rechts neben den Kindern, vermutete er den Lehrer.

Auch die Bänke dahinter waren in ihrer ganzen Länge besetzt, und als er sich für einen Moment in den Reihen hinter ihm umsah, entdeckte er zu seinem Erstaunen, dass die Kirche zum Bersten mit Trauernden gefüllt war; ja, dass immer noch Menschen hineindrängten, nach freien Plätzen suchend.

Im vorderen Kirchenschiff, neben dem Altar, war seitlich ein kleiner, weißer Sarg gut zu erkennen, auf, und neben dem, üppige Blumengebinde prangten, prächtige Blumen-Kränze mit langen Schleifen, die mit Texten des persönlichen Abschieds in goldenen Lettern versehen waren.

Von da und dort hörte man ein leises, unterdrücktes Weinen, ein stockendes Schluchzen. Immer wieder war auch ein Schnäuzen aus stets wechselnden Richtungen zu vernehmen.

Das Läuten der Kirchenglocke hatte jetzt mit aller Macht eingesetzt, erstickte ein letztes schmerzliches Weinen und erfüllte den heiligen Raum mit einer himmlischer Aura, mahnte gebieterisch zur Stille und inneren Einkehr. Auch den noch vor dem Kirchenportal Verweilenden sollte so mitgeteilt werden, dass das kirchliche Ritual der Totenfeier nun beginnen werde.

Das Geläute war so gewaltig, dass es einem schwer fiel,sich seinen wehmütigen Gedanken, seiner stillen in sich gekehrten Trauer hinzugeben, und schon nach wenigen Schlägen wünschte man den kirchlichen Trost aus den biblischen Worten des Geistlichen herbei.

Dann war es soweit, die Glockentöne waren sanft am Verklingen, der Pfarrer trat vor das mit einem schwarzen Trauertuch überdeckte

Pult, richtete seine vergeistigten Blicke in die Trauergemeinde, wartete noch den letzten, verhallenden Glockenschlag ab. Mit der beginnenden Trauerrede erklangen tröstende Worte aus dem Johannes-Evangelium, der Name des Kindes wurde feierlich hervorgehoben, über Wesensart, seine Freude am Leben, seine Wertschätzung unter den Mitschülern wurden Worte gleich Weihrauch unter den Trauernden verströmt.

Kilian nahm innerlich an allem großen Anteil, ja er versank geradezu in einen Strudel aus Gefühlen, Sehnsüchten und Gedanken. Vor seinem inneren Auge stiegen wie aus einem sich verflüchtigenden Nebel blasse Bilder auf, Bilder aus seiner eigenen Kindheit. Da war das Vaterhaus in Österreich, eingebettet in eine traumhaft schöne Berglandschaft. Und er betrat jetzt diesen Ort seiner ersten Jahre, sah sich in kindlicher Glückseligkeit im Garten von Katzen und Hunden umgeben, erlebte sich beim Spielen mit seinem großen roten Ball, den er immer weit über die Wiese kickte; dann tauchten Szenen mit dem Vater auf: er spürte dessen Strenge, erschrak über seinen militärischen Ton, der ihn, den sensiblen, introvertierten Jungen, oft so erschütterte, dass er sich zeitweise nicht mehr unter die Augen seines Vaters getraute. War der Vater aber an manchen Tagen so unausstehlich, dass ihm alle lieber beizeiten aus dem Wege gingen, trösteten sich er und die Geschwister, indem sie sich heimelig ins Bettchen kuschelten, wobei sie von den so zuckersüß in-die-Welt-schauenden Knopfaugen des samtenen Teddybäres stumm getröstet wurden.

In einem weiteren Erinnerungsgeschehen trat jetzt seine Mutter auf die Bühne des gleichsam wie in einem Film vor ihm ablaufenden Kinderlebens; seine Mutter, die er so sehr liebte, die ihm all das gab, was der Vater nicht geben konnte. Und da fiel ihm, verbunden mit einem seltsamen Kribbeln am Rücken, ein Geschehen ein, das er nie vergessen würde: Seine Mutter war einmal in der Stille des häuslichen Friedens, des geheiligten Feierabends, während des Stopfens von Socken ganz unmotiviert und ohne jeden ersichtlichen äußeren Grund eines Abends plötzlich aufgesprungen und hatte in panischer Angst geschrien: »Mein Gott, dem Buben ist was passiert!« Der Vater war darüber sehr erstaunt gewesen, denn er wusste, dass sein Weib hellseherische Fähigkeiten hatte, und auch er konnte über eine gewisse, jetzt in ihm aufkommende Sorge nicht einfach so hinweggehen.

Und tatsächlich war Kilian in derselben Minute zu jener Zeit im weit entfernten klösterlichen Internat die steile Stiege hinabgestürzt und mit argen Verletzungen in ärztliche Behandlung gekommen.

Wie groß war da das Erstaunen des Vaters, als Kilian wenige Tage darauf nach Hause kam, die Eltern an ihm blasse Reste von blauen Flecken und Abschürfungen entdeckten und der Sohn über das Geschehene zu eben dieser Uhrzeit berichtete.

Dieses Geschehen hatte aber noch ein weiteres, durchaus erwähnenswertes Nachspiel: Der ansonsten bodenständige Vater wandte sich von diesem Tag an der Erlangung esoterischen Wissens zu, was er über Jahre hin ernsthaft betrieb und worin er gar, rein autodidaktisch und ganz unakademisch, »habilitierte«.

Arme Mutter, trauerte Kilian jetzt, als seine Kinderbilder von den einsetzenden Harmoniumklängen umrahmt wurden, hatte sie doch schon früh Vater und Mutter verloren.

Und da jetzt, einer Übersprungshandlung gleich, ein leichtes Hungergefühl in ihm aufkam, wechselten auch die Bilder, und er sah sich als Kind am elterlichen Küchentisch sitzen. Und da Vater und er bei den Mahlzeiten meist gemeinsam am Tisch saßen, kam ihm das Geschehen in den Sinn, bei dem er zum ersten Mal davon gesprochen hatte, Priester werden zu wollen wobei sein Vater, zu seiner größten Überraschung, diesem Ansinnen zugestimmt hatte.

»Ja, mein Sohn, das ist eine gute Wahl, ich freue mich, dass du Priester werden willst.«
Kilian war damals noch Kind und vermochte noch nichts von dem Schmerz eines damit unweigerlich verbundenen langen Abschiednehmens in noch jungen Jahren von seinem Elternhause zu erahnen, denn ein Weg zum Priesteramt war ohne große Übertreibung mit dem sprichwörtlichen »Gang nach Kanossa« vergleichbar: dem Eintritt in ein streng reglementiertes Internatsleben fernab seines Heimatdorfes.

Kilian war mit seinen Gedanken so sehr in seine Kindheit vertieft, dass er eine Zeitlang nicht bemerkte, dass sich die Trauergemeinde inzwischen von den Sitzen erhoben hatte. Erst, als eine ältere Frau, die neben ihm stand, ihn sanft an seine Schulter stupste, kam er wieder zu sich, erwachte er aus seiner Vergangenheit und erhob sich ein wenig verlegen, wobei er eine fast militärische Haltung einnahm, um auf diese Weise das Missgeschick, das ihm sehr peinlich war, wettzumachen.

Nun stand er mit den anderen, die Hände zum Gebet verflochten, und aus seinem Mund kamen die Worte des Vaterunser, die er leise, mit kaum bemerkbaren Lippenbewegungen mitsprach.

Das erneute Einsetzen der Glockentöne verkündete das Ende der Feierlichkeit innerhalb der Kirchenräume und deutete den Trauernden an, dass jetzt der Weg zum angrenzenden Friedhof bevorstehe, die Beisetzung des Kindes im Grab erfolgen werde.

Kilian blickte verstohlen auf die nächsten Angehörigen des Kindes, auf dessen Eltern, die mit den Danebenstehenden jetzt von vorn zu sehen waren. Tiefe Trauer hatte sich in die verweinten Gesichter gegraben.

Für einen Augenblick schämte sich der Coiffeur, dass er, wie er sich selbst zurechtwies, dieses schmerzerfüllte Gesicht der Mutter zu lange, ja zu voyeuristisch angeblickt hatte, und doch empfand er dabei eine gewisse Befriedigung, die er sich nicht zu erklären vermochte. Kilian schloss sich dem Trauerzug aus der Kirche hinaus ins Freie an, doch folgte er nicht mehr den anderen zur Beisetzung, da er meinte, kein Recht zu haben, sich als Fremder unter eine familiäre, intime Leidensgemeinschaft zu mischen.

*

Während im Salon die Damen nach Kilian fragten und Vera ihnen sagte, dass ihr Mann zur Beerdigung des verunglückten Jungen gefahren sei, legte sich eine Aura von Melancholie und Todesstimmung über den Raum. Nur zu gut vermochten sich die Anwesenden des Salons an das Schreckliche zu erinnern, das erst vor wenigen Tagen geschehen war, und in einigen wurde es so lebendig wie in jenem Augenblick, als der Coiffeur ihnen davon erzählte, sie mit den Details des Schrecklichen schockiert hatte.

Vera versuchte von der melancholischen Aura abzulenken, denn Traurigkeit war nicht gut fürs Geschäft, die Leute sollten sich zumindest in der Zeit, in der sie sich bei ihrem Coiffeur aufhielten, wohl fühlen. Aber es gelang ihr nicht, die düstere Stimmung zu vertreiben, ja auch sie war jetzt von dem Gedanken an den Tod infiziert worden. Mit Macht hatte er in ihrem Bewusstsein Platz genommen und sich dort auf archaische Weise breit gemacht.

»Wenn ich dich heute auch noch nicht hole«, gemahnte er mit hohler Stimme in Veras Kopf, »so sollst du doch von mir einen Vorgeschmack bekommen, sollst ein wenig erahnen, wie es einmal sein wird, mit dir«; und der Tod fuhr fort: »Die Welt ist für euch Menschen nicht nur ein netter Zirkus mit lustigen Einlagen, Eitelkeitsbefriedigung, Besitzstreben, fleischlichen Genüssen und Clownerien, sondern euer Leben ist ständige Veränderung, Verwandlung. Und daran sollt ihr immer wieder mal denken, damit ihr die Weichen eures so kurzen Lebens zu korrigieren, neu zu stellen bereit seid. Ich, der Tod, bin nicht der Herrscher des Bösen, ich bin der Meister der Verwandlung, der euch zu neuem, anderem Leben, zu weiterem Wachstum eurer Seelen führt.«

Die Worte des Gevatters hatten Veras Gedanken ins Rotieren gebracht; sie begann jetzt ihr Leben zu hinterfragen, und dabei verlor sie mehr und mehr ihre innere Sicherheit. War es gut, wie sie als Ehefrau mit Kilian verfuhr? War sie nicht zu ehrgeizig in all ihren Plänen? Überforderte sie ihn nicht mit ihren materialistischen Wünschen? Wusste sie denn nicht, dass Kilians Leistungsvermögen seine Grenze hatte?! Spürte sie nicht, dass er vor allem aufgrund seines Zwanges zur Perfektion all die von ihm geforderten Anstrengungen auf sich nahm, um nicht vor ihr als Versager zu gelten? Welches Männerbild hatte Vera in ihrer Kindheit und Jugend geprägt? Wo waren die Wurzeln zu suchen für ihr heutiges Verhalten als Ehefrau und Mutter? War sie mit sich, so, wie sie war, zufrieden? Vermochte sie es denn wirklich, sich mit ihrer oszillierenden Wesensart, ihrem weiten inneren Spannungsfeld zwischen Außergewöhnlichem und Ordinärem, zwischen Avantgardistischem und Bürgerlichem, zwischen Züchtigem und Exhibitionistischem auf für sie harmonische Art zu identifizieren?

Oder war diese flirrende Show, die sie permanent um sich herum verbreitete, doch nichts anderes als Kompensation, zwangsgerichteter Ausgleich zu einer biederen Herkunft, zu einem bürgerlichen Elternhaus, das ihr immer zu eng, zu spießig, zu kleinkariert gewesen war und dem sie zwar körperlich entflohen, das sie aber in ihrem Innern mit sich herumtrug wie etwas Schmutziges, dessen sie sich schämte und das sie mit aller Gewalt verstecken, maskieren musste? Dabei konnte sie doch auf so Vieles, was ihr das Schicksal mitgegeben hatte, stolz sein, beispielsweise auf ihre Sprachfähigkeit, ihr angeborenes schauspielerisches Talent, ihr Durchsetzungsvermögen, ihre Zielstrebigkeit und ihre Kontaktstärke. Welches Karma war ihr auferlegt worden, auf dass sie sich so verhielt, wie sie sich verhielt? Und würde man sie heute vor ein Gericht stellen, vor ein Gericht des Lebens, ein Gericht, das im Herzen eines jeden Menschen von Zeit zu Zeit tagt, dann würde der Richter sie fragen ... Frau Vera Galeo, sind Sie sich sicher, dass Sie Ihren Mann Kilian nicht mit der ihm eigenen Eitelkeit zu ihren Gunsten manipuliert haben, zugunsten Ihrer niederen Triebe, auf dass er Ihre ehrgeizigen Pläne ohne Murren und mit all seiner ihm zur Verfügung stehenden Kraft begleite, ja unterstütze und alles tue, um Ihren Erwartungen gerecht zu werden? Und zwar so gerecht zu werden, wie er als Kind den Erwartungen seines Vaters, seiner Mutter, seiner Lehrer, Pater und Hochwürden gerecht werden musste, weil er nicht gelernt hatte, sich zu wehren?! Was, Frau Vera Galeo, würden Sie darauf zu Ihrer Verteidigung vorbringen können?

»Aber ich bitte Sie, Euer Ehren, Kilian war es doch, der es so weit bringen wollte, er war der große Streber, der im Leben ganz nach oben wollte. Ich, seine Frau, habe ihn dabei nur begleitet wie eine Frau, die ihren geliebten Mann eben bei seinen Plänen unterstützt.«

Bei dieser Verteidigung geriet sie in große innere Unsicherheit, und das Gericht merkte ihr diese Zweifel an, worauf ihr Verteidiger schnell das Wort ergriff:

»Hohes Gericht, ich möchte doch zu bedenken geben, daß meine Mandantin genau das ausgesprochen hat, was auch ich, ihr Verteidi-

ger, hier vor diesem hohen Hause nachdrücklich versichern möchte. Ich bitte hiermit, meiner Mandantin Glauben zu schenken, die vorgebrachten Anklagepunkte fallenzulassen sowie das Verfahren gegen meine Mandantin einzustellen.«
»Antrag abgelehnt, die Beweisaufnahme wird fortgesetzt!« klang es von der Richterbank zu ihnen herüber.

*

Das Café, in dem sie sich trafen, war nur schwach besucht. Die Kellnerin balancierte auf ihrem Tablett Kaffee und Kuchen, die sie ein wenig umständlich auf einem der Tische abstellte.

»Ist gut so«, sagte der Mann, während er der Bedienung einen Fünfzigmarkschein hinstreckte, weit mehr, als erforderlich gewesen wäre. Die Kellnerin nahm verwundert das Geld, wollte noch etwas sagen, was über das übliche »Vielen Dank« hinausging, besann sich jedoch anders, setzte aber dafür ihr schönstes Lächeln auf, wobei sie den Mann mit der goldenen Rolex an der behaarten Hand ein wenig länger ansah als ihre sonstigen Gäste. Dabei fiel ihr auf, dass er nicht nur am Handgelenk (für einen Mann außergewöhnlichen!) Schmuck trug, sondern auch an der Brust, denn er hatte sein Hemd weit geöffnet, sodass die auffallend protzige Halskette aus leuchtendem Gold allen an ihm Vorübergehenden befremdend ins Auge stach.

Dies alles hatte nun ihre Neugierde für den ihr Unbekannten dermaßen geweckt, dass sie vom nahegelegenen Tresen aus immer wieder verstohlene Blicke auf diesen Mann werfen musste. Und während sie sich, bei einer kleinen Pause, unauffällig, jedoch mit gezielten Blicken, das Gesicht des Seltsamen zu sich zoomte, nahm sie es wie ein Brandzeichen an sich auf. Was ihr dabei besonders nahe ging, waren der markante Schädel, die überwachen, ja geradezu stechenden Augen, widersprüchlich gepaart mit einem fleischigen, erotisch sinnlichen Mund.

Das Gefühl sagte ihr, dass dieser Mann zwar durchaus interessant sein mochte, ihr persönlich jedoch war er, trotz des hohen Trinkgeldes, das sie von ihm bekommen hatte, in höchstem Maße unsympathisch.

Nachdem sie ihn längere Zeit gemustert hatte, begann sie sich auch näher für seine weibliche Begleitung zu interessieren: eine blonde, attraktive Frau, die auf sie elegant, äußerst feminin wirkte, während sich die Blicke der Männer, die in dem Café saßen, offensichtlich an den sexy Rundungen dieser Frau weideten.

Der Fremde beugte sich, während er ihr, gleich einem Kavalier der alten Schule, Kaffee in die zierliche Tasse eingoss, jetzt näher zu ihr und an seiner Haltung konnte man erkennen, dass er ihr etwas Vertrauliches, Intimes mitteilen wollte.

»Du solltest dir meinen Vorschlag noch mal überlegen.«

»Ich weiß nicht, Nils, ob das nicht zwei Klassen zu hoch für mich ist?!«

»Liebe Julia, du musst es ja nicht allein auf die Beine stellen, du weißt ja, dass dein Nils das Ganze für dich in die Hand nimmt. Alles, was ich von dir erwarte, ist, dich ein bisschen um die Mädels in Zürich zu kümmern. Und das dürfte für dich mit deiner Erfahrung aus dem Eros-Center in Hamburg ja ein Klacks sein.«

»Und wie willst du die Mädels von den Philippinen nach Zürich bekommen?

»Das lass nur meine Sorge sein, du weißt doch, ich habe da meine Verbindungen, und die sind nicht ohne.«
»Und du meinst«, das Weitere sprach sie jetzt ein wenig gekünstelt, affektiert aus, »dass die männliche Schweizer Geschäftswelt voll darauf abfahren wird?«

»Voll, mein Schatz, so was ist da 'ne echte Marktlücke. Ich garantiere dir, die Mädels werden alle Hände voll zu tun haben, diese anspruchsvolle Klientel zu befriedigen.«

»Und das alles soll auf meinen Namen laufen, auf Julia Nikischa?«

»Richtig, Schatz, und ich brauche dir ja nicht noch mal zu sagen, warum.«

»Ist ja gut.«

»Ach ja, weißt du übrigens, wen ich neulich im Center getroffen habe?«

»Sag schon ...«

»Den Kilian, kennst ihn doch, oder?«

Julia wusste im ersten Moment nicht, wie sie jetzt reagieren sollte, doch an Nils' Tonfall merkte sie, dass er den Namen Kilian durchaus freundlich, ja wohlwollend ausgesprochen hatte, so als ob dieser Kilian irgendwie zu ihm oder zu ihr gehörte.

»Was hast du mit Kilian am Hut?«

»Wir machen gemeinsam Sport«

»Ist er gut?«

»Super!, der Kilian ist okay; übrigens, ich glaube, er mag dich.«

»Ach ja!?«

»Vergiss nicht, dass du ‘ne Professionelle bist, da kannst du dir keine Gefühlsduseleien leisten, schon gar keine Dramen, das ist nicht gut fürs Geschäft!«

»Mach dir keine Sorgen, Boss.«

»Also bleibt’s dabei, nächste Woche, wenn ich den Laden dort eingerichtet habe, kommst du nach, damit die Mädels in der kalten Schweiz kein Heimweh nach zu Hause kriegen, okay?«

»Okay! Und wann geht’s nach Florida?«

»Geduld, erst muss Zürich laufen.«

*

»Schön, dass du noch gekommen bist. Nils und ich haben heute von dir gesprochen.«

»Hoffentlich nur Gutes?!«

»Als ob es von dir was anderes zu berichten gäbe!«

»Schmeichle mir nicht, sag die Wahrheit ...«

»Ich schwöre dir, es war so.«

Kilian schlang seine Arme um Julias Hals, zog sie an sich heran. Er sah ihr jetzt tief in die Augen; diese »Juwelen« hatten es ihm angetan, in deren mystischem Glanz vermochte er schwärmerisch zu versinken, dabei sich selbst verlierend in einer anderen Welt, bis tief in den Urgrund seiner Seele.

Kilian war einen Moment verlegen geworden, doch schon fing er sich wieder und mit seinem rechten Knie begann er jetzt sanft an ihrer Scham zu spielen, sie zu animieren für den bevorstehenden Akt, den er gleich, in wenigen Minuten, mit ihr zu vollziehen sich ersehnte.

*

Vielleicht wäre es für Kilian nützlich gewesen, wenn er sich ein wenig mit dem Deuten von Träumen beschäftigt hätte, dann nämlich wäre er mit einer anderen Sichtweise an seine nächtlichen Seelen-Irrfahrten herangegangen und hätte so erfahren, dass d i e Personen, die dem Träumenden im Traum erscheinen des Träumers ganz eigene, tief in seinem Bewusstsein verankerte, Anteile verkörpern; somit seine eigene Beziehung zu eben diesen Anteilen in ihm selbst bewusst machen sollen.

Kilian befand sich heute Nacht in der misslichen Traumsituation, die ihn mit einer brennenden Sehnsucht nach den ihm im Traum erschienen Mädchen erwachen ließ. Da es aber erst drei Uhr morgens war, hatte er noch eine lange Nacht vor sich, die ihm in weiteren Tiefschlafphasen ein ganzes Album von Traumbildern aufblätterte; wirre, chaotische Szenen, in denen er im klösterlichen Stift, in der Zeit als Juvenatsschüler zum angehenden Priester, eine ganz bestimmte Rolle spielte:
Der Coiffeur befand sich in dunklen, modrigen Kellerräumen, menschenfeindliche Gemächer, die er als seinem klösterlichen Stift in

Österreich zugehörig identifizierte; er trug eine Mönchskutte, hielt eine Schere in der Hand, und in einer langen Reihe saßen andere Mönche auf primitiven Hockern aus Holz, die alle darauf warteten, von ihm einen Haarschnitt zu bekommen. Da sie an sich schon recht kurzes Haar hatten, grübelte er darüber nach, wo er ihnen noch etwas abnehmen könnte. Und während er den Mönchen die Haare schnitt, bemerkte er auf einmal zu seinem großen Erstaunen, dass sie alle nackt waren. Was ihn aber noch mehr verblüffte war, dass sie keine Geschlechtsteile hatten, sie völlig neutral waren.

Kilian hatte das aber nicht von seinem Haarschneiden im Traum abgehalten, er hatte brav weiter geschnitten und war jetzt bei dem letzten der sieben Mönche angelangt. Plötzlich bemerkte er, dass dieser kein Mann, sondern eine Frau war, mit all ihren Rundungen und geschlechtstypischen Merkmalen. Das machte ihn neugierig; er trat jetzt direkt vor sie hin und musterte sie von vorn. Da erkannte er, dass es Julia war, seine Julia aus dem realen Leben; sie aber nahm ihn nicht zur Kenntnis, sondern blickte durch ihn hindurch.

Er wollte sie ansprechen, doch so sehr er sich auch bemühte, er brachte keinen Laut hervor, war zur Stummheit verdammt, und nachdem er sich ihr wieder von hinten zugewandt hatte, begann er ihr mit gezielten Schnitten das lange Haar abzunehmen; als er danach die Schere zur Seite legte, die Mönchskutte von sich abfallen ließ, und schließlich nackt vor ihr stand, dies mit der festen Absicht, sie jetzt körperlich zu nehmen, verfiel sie in ein schallendes, spöttisches Lachen.

Inzwischen waren gar die Mönche ebenso in ein tierisches Gelächter ausgebrochen, und das Verlies ward geflutet mit ohrenbetäubenden Tönen. Die Frau erhob sich jetzt vor ihm, ihr Körper wuchs dabei an zu einem überdimensionalen Riesenweib, ein nacktes außerirdisches Wesen, das sich, gleich einer Wildkatze, im Sprung auf den im Traum gelähmten Haarschneider stürzte, ihn rücklings zu Boden warf, und sich mit ihren jetzt weit gespreizten Schenkeln auf seinen nackten Schoß sattelte, um ihn sich so zu nehmen. So gedemütigt unter ihr liegend, erwachte er schweißgebadet.

*

Die Landschaft, durch die er mit seinem Rad fuhr, glühte in den schönsten Herbstfarben. Hier und da lagen noch vereinzelte Nebelschwaden wie von Zauberhand ausgebreitete Leichentücher über den abgeernteten Feldern, Überreste einer sich in der aufsteigenden Sonne auflösenden Melancholie. Die Luft war frisch und würzig, geschwängert mit fauligen Gerüchen, die von welkenden Blättern sowie von dem vermodernden Obst kamen, das da und dort in großen Mengen unter den Bäumen liegengeblieben war.

Der Coiffeur sah das alles nicht, roch nicht das Verwesende, obwohl er es einatmete, tief in seine Lungen einsog; denn er benötigte viel Sauerstoff, sein Körper hatte Leistung zu erbringen, er hatte ein Ziel, und dieses musste innerhalb einer bestimmten Zeit erreicht werden. Würde er dabei sein Soll verfehlen, müsste er seine Tour als schmähliche Niederlage empfinden, gar schmerzhaft anerkennen, dass er zu wenig Kondition besaß, und das würde zur Folge haben, dass er sich nicht würde lieben, nicht sich selbst als sein eigener »Freund« in seinem Herzen annehmen können.

Natürlich gab es hin und wieder Menschen in seinem Leben, die ihm ihre Anerkennung aussprachen, die ihn bewunderten und ihm so das Gefühl gaben, das er benötigte, um das zu tun, noch besser zu tun, was ihm die Möglichkeit gab, sich nicht zu verlieren, sich nicht zu hassen, sondern mit der nicht hörbaren Stimme des Unbewussten in sich sagen zu können: »Gut, Kilian, weiter so, so bist du der, den sich Papa immer gewünscht hat, so mag er dich, so wird, so kann er dich bewundern als seinen Sohn, als den Sohn, der ihm ebenbürtig ist.«

Nur so, in dieser Leistungsfunktion, war es ihm möglich, Liebe und Selbstliebe an sich zuzulassen, seiner bloßen Existenz einen Sinn zu geben. Da ihm aber all das nicht bis ins Bewusstsein kam, konnte er es auch nicht im eigentlichen Sinne erfahren, weshalb er es anders zu erfahren versuchte, körperlich, denn nur so, im Schweiße seines Angesichts, in der Ausschüttung von luststeigernden Hormonen, vermochte er dem Schmerz, der ihm als Kind entzogenen Liebe, zu entgehen. Einem Schmerz, der tief in ihm brannte, dessen Wurzeln er aber nicht aufzuspüren vermochte.

Und erneut drehte sich das Gedankenkarussell in Kilians Kopf und er sprach zu sich: Vera könnte eigentlich ohne Mann leben. Ne, ist nichts für mich. Mann, bin ich froh, dass ich die Julia habe. Was würd' ich nur ohne sie machen?! Vermisse sie, zu blöd auch, dass sie jetzt in Zürich ist. Ein Edel-Etablissement will er einrichten, auf ihren Namen, hat sie gesagt. Damit sie noch mehr Kohle machen, noch mehr in der Welt herumreisen können. Na ja, Hauptsache, sie bleibt mir.

Kann ja Gott danken, dass sie einen wie den Nils hat. Einen, bei dem sie frei ist und nicht jeden nehmen muss. So kann sie ganz Dame bleiben, attraktiv, begehrenswert. Und Zeit für Pflege und Bildung hat sie auch noch; kann lesen, ins Kino, ins Theater. Ob das wohl gut geht, in Zürich? Wenn's der Nils anpackt, sicher.

*

Der TEE war zum Stehen gekommen. »Zürich Hauptbahnhof, Zürich Hauptbahnhof«, schallte es aus den Bahnhofslautsprechern. Nils hatte sich am Bahnsteig ganz vorn beim Prellbock postiert. So konnte er sie nicht verfehlen. Sie musste hier vorbeikommen. In wenigen Minuten würden sie sich wiedersehen. Es gab ja so viel Neues zu berichten: vom inzwischen eingerichteten Etablissement, das er unter großen Schwierigkeiten angemietet hatte, von der abenteuerlichen Einreise der zwölf philippinischen Mädchen, für die er den Schleppern ein Vermögen hatte hinblättern müssen. Aber alles war zu seiner Zufriedenheit gelaufen. Auch in den Tageszeitungen waren jetzt die ersten Inserate erschienen, um potentielle Kunden auf den exotischen »Salon« in der Innenstadt von Zürich aufmerksam zu machen.

Während er seine Unternehmungen so an seinem inneren Auge vorüberziehen ließ, leuchtete er mit seinen wachen, stechenden Blikken die Reisenden ab, die jetzt ausgestiegen waren und an ihm vorbeiströmten.

Da entdeckte er sie, und ohne ein Zeichen, einen Wink, von sich zu geben, stand er wie angewurzelt und genoss es, sie zu betrachten: ihren federnden Gang, ihre elegante Art, ihre feminine Erscheinung, die vor allem den männlichen Reisenden um sie herum nicht verborgen geblieben war und die sie mit stieren Blicken begafften. Aber auch er wurde angeglotzt: sein Outfit mit dem Schmuck provozierte: alles an ihm in Schwarz, machohaft cool das Styling, völlig aus dem Rahmen. Nils zog die Blicke der Vorübergehenden an sich wie ein tanzender Bär, verunsicherte Blicke: zuerst auf das Gold, dann auf sein Gesicht, dann weiter seine gesamte Erscheinung taxierend. Es war viel Gold: klobige Fingerringe, besetzt mit Brillanten. Ein Brustschmuck, fast schon ein Pektoral, das der Schatztruhe eines altägyptischen Königs hätte entnommen sein können.

»Hallo, Nils!«

»Hallo, Julia!«

Sie umarmte ihn, gab ihm einen Kuss, den er förmlich erwiderte. Doch seine Augen glänzten. War es Freude? Arm in Arm gingen sie in Richtung Ausgang. Sie nahmen sich ein Taxi. Nils nannte dem Fahrer den Namen einer ihr unbekannten Straße.

»Alles gut gelaufen?« fragte sie, nachdem er die Zimmertür in dem Hotel, in dem sie abgestiegen waren, geschlossen hatte.

»Alles bestens! Es gab zwar Probleme, aber die sind jetzt Schnee von gestern; brauchst dir also keine Sorgen zu machen. Der Laden ist eingerichtet, die Mädels in ihren Zimmern, die Inserate in den Zeitungen. Jetzt bist du dran.«

»Was heißt das, jetzt bin ich dran?!«

»Du wirst die ersten Anrufe entgegennehmen, wirst den Start managen, die Herren ein bisschen an der Hand nehmen, ihnen von den Traummädchen erzählen, die sie schon sehnsüchtig erwarten.«

»Gut, und wie lange brauchst du mich hier?«

»Ein paar Tage, bis das angelaufen ist. Bis dahin habe ich dann eine gefunden, die das Format hat, hier alles in unserer Abwesenheit professionell zu managen.«

»Okay, Nils.«

Und nachdem sie nahezu verschämt den Saum ihres Kleides ein wenig hochgezogen hatte, sah sie zu ihm auf: »Übrigens, wie gefallen dir meine neuen Strümpfe?«

»Brauchst es mal wieder!«, war seine coole Machobemerkung.

»Du, lass uns doch ‘ne Flasche Champus aufs Zimmer kommen.«

»Bin schon am Apparat.«

Während sie genüsslich den edlen Sprudel schlürften, erzählte er ihr, was hier so alles in den letzten Tagen und Nächten abgegangen war, welche Hürden er gemeistert hatte, er, der große Zampano, um den »Salon« einzurichten.

Es war eine lange Geschichte. Julia hörte ihm gebannt zu, und ihr wurde ein wenig komisch zumute, auf was sie sich da eingelassen hatte; schließlich lief das Etablissement auf ihren Namen, was bei seiner Vergangenheit nicht anders zu machen war. Sie vertraute ihm, wusste, dass er es schwer hatte mit seinen Gefühlen, die er nicht einfach so herauslassen konnte, und – was für sie von besonderer Wichtigkeit war – dass er keiner Fliege etwas zuleide zu tun vermochte. Gewalttätig war er nie geworden, auch bei ihr nicht. Immer beherrscht sein, sich immer in der Gewalt haben, das war sein Kredo.

Diese Haltung, diese Einstellung dem Leben gegenüber hatte er schon als Kind vom Vater eingeimpft bekommen, der ihm diese Worte auf ein großes Blatt Papier schrieb, eine Doktrin, die er im Kinderzimmer plakatierte, auf dass der Sohn sie immer vor Augen habe. »Meine Gefühle gehen niemanden etwas an!« lautete das Lebensmotto von Nils, und jeder, der es mit ihm zu tun bekam, verstand diese stumme Botschaft auf Anhieb. Auch Kilian. Er ganz besonders.

*

Kehren wir zurück zu Vera und Kilian. Was war es, das die beiden als zwei sich verbunden Fühlende zusammenführte? Es geht dabei um den Inhalt des unausgesprochenen, des tief im Herzen zwischen zwei Menschen begründeten Zusammenseins und Zusammenbleibens, um das Arrangement im Stillen, dessen essentieller Kern ausschließlich im Wesen der sich Liebenden verankert ist. Um dies zu beantworten, ist es erforderlich, zu den Anfängen ihrer Beziehung zurückzukehren.

*

Vera lebte damals in Graz. Sie war fünfundzwanzig Jahre alt, hatte vor wenigen Wochen die Hotelfachschule erfolgreich abgeschlossen und danach eine Stelle in einem Hotel in dieser Alpenstadt angetreten. Das »Hotel Edelweiß« zählte zu den ersten Adressen der Stadt, die Gäste kamen aus Deutschland, Frankreich, Amerika, Japan und England. Da Vera fließend Französisch und Englisch sprach, hatte man sich in der Direktion entschieden, sie dem Team an der Rezeption zuzuteilen.

An einem ihrer freien Tage beschloss sie, etwas für ihr Aussehen zu tun. Sie hatte sich vorgenommen, zum Friseur zu gehen. Auf diesem Weg traf sie zum ersten Mal auf Kilian.

Kilian wiederum war nach Graz gekommen, um eine Ausbildung zum Coiffeur zu machen, nachdem er das klösterliche Internat kurz vor der Matura wegen eines banalen Fehltritts hatte verlassen müssen. Sein Vater hatte sich mit ganzer Kraft für den Verbleib des

Sohnes eingesetzt. Folgenden Brief hatte er, Fritz Galeo, an Hochwürden geschrieben:

Euer Hochwürden!
Ihr Schreiben vom 7. April diesen Jahres, mit dem Sie mir die Entlassung meines Sohnes mitteilten, habe ich, obwohl es mich gerade in meinem gegenwärtigen Gesundheitszustand sehr schwer getroffen hat, mit Ergebenheit in Gottes Willen empfangen.

In Ihrer Begründung geben Sie an, dass Kilian sich mit zwei Mitschülern unerlaubt aus dem Hause entfernte, ein nahes Gasthaus aufsuchte und erst gegen Morgen ins Internat zurückgekehrt ist.

Da dies nicht den Tatsachen entspricht, bitte ich Sie um Feststellung wie auch um die Bestätigung des wahren Sachverhaltes, da in dem Vorwurf, dass mein Sohn erst in den Morgenstunden ins Internat zurückgekehrt sei, die eigentliche schwerwiegende, meiner Ansicht nach aber übertriebene Anschuldigung liegt. Sie behaupten, dass sich die Jungens anderswo herumgetrieben haben müssen ... sie könnten sich ja in dieser Zeit in verrufener Gesellschaft befunden haben oder auch an einem Verbrechen, das sich zur gleichen Zeit, evtl. in der Umgebung, zugetragen hat, mit beteiligt gewesen sein. Um unliebsamen Verdächtigungen vorzubeugen, lege ich größten Wert auf Ihre schriftliche Bestätigung sowie auf die Richtigstellung, dass Kilian mit den beiden Mitschülern nach dem unerlaubten Gasthausbesuch ca. um 23 Uhr 15 in das Internat zurückkehrte. Tatsache ist, dass die Schüler infolge einer Wette bezüglich des Ausganges einer Schularbeit erstmalig das Gasthaus besucht und sich beim Fernsehen einer Studenten-Quizsendung unabsichtlich verspätet hatten.

Zu der oben angeführten Zeit (23 Uhr 15!) waren sie wieder beim Haus, stiegen durch das Fenster im Speisesaal ein und konnten nicht in den Schlafsaal gelangen, weil die Türen dahin verschlossen waren.

Die Abwesenheit der Jungen war aber bereits nach Torschluss bekannt, da wegen eines Anrufes die Missetat aufgeflogen war. Sehr verwunderlich ist, dass die Schüler, obwohl Hochwürden Pater H. das Rumoren im Speisesaal hörte, diese die Nacht bis 3 Uhr 45 dort eingeschlossen verbringen mussten. Von einer Rückkehr in den Morgenstunden – wie von Ihnen behauptet wird – kann daher keine Rede sein. Durch den Glashausgang kamen sie dann, nach Öffnen der Türen, um 4 Uhr in den Schlafsaal.

Es liegt mir fern, an Ihrer Entscheidung Kritik zu üben, doch finde ich es befremdend, einen Zögling, der bisher keinen Anlass zur Klage gegeben hat und erstmals gegen die Hausordnung verstoßen hat, derart hart zu bestrafen.

Das Verbot, die Osterferien zu Hause zu verbringen, wäre genügend Strafe gewesen. Sie aber annullieren ihm ganze acht Jahre Studienzeit und zerstören auf diese Weise sein Lebensziel. Persönlich finde ich es zudem ungerecht, gegen meinen Sohn sofort mit dieser schwersten Bestrafung vorzugehen, da allgemein bekannt ist, dass die Gaststätten von mehreren Internatsschülern schon des Öfteren besucht wurden, ohne dass dies bestraft worden wäre.

Aus meiner eigenen Erfahrung als Schöffe bei Gericht weiß ich, dass man selbst bei sehr schweren Vergehen, wenn nicht gerade eine ausgesprochen verbrecherische Veranlagung gegeben war, jugendliche Unüberlegtheit, zumal im Pubertätsalter, mildernd beurteilt, d. h. bei erstmaligem »Vergehen« Verwarnungen ausspricht.

Von vielen mir bekannten früheren Internatsschülern, die jetzt ganz hervorragende Priester sind, weiß ich, dass sie es niemals geworden wären, wenn sie damals bei weit schwereren »Vergehen« nicht einsichtsvolle, verzeihende Priester als Erzieher gehabt hätten. Und gerade diese ehemaligen Mitschüler sind die besten Priester, weil sie aus dem eigenen menschlichen Unvermögen gelernt haben, auch uns Sündern zu verzeihen, denn dazu gehört schon ein wahrlich großes Herz, da unser höchster Priester selbst zu lieben und zu verzeihen gelehrt hat.

Kilian hat, erbbedingt, bestätigt durch mehrere Ordensberufe in der Familie meiner Frau, die beste Veranlagung und wahres Streben nach diesem Beruf gehabt, wovon wir uns durch stete Befragung überzeugen konnten. Wir selbst haben, entsprechend der ständigen Appelle unseres verehrten Erzbischofs, an die christlichen Eltern, ihre Söhne als Priesternachwuchs der Kirche zur Verfügung zu stellen, die größten persönlichen Opfer gebracht. Bei einem Besuch in unserer Kirche hat er es ganz besonders bedauert, dass seit über hundert Jahren aus unserer Gemeinde kein Priester mehr hervorgegangen sei, und gleichzeitig seiner Freude Ausdruck gegeben, dass nun wenigstens ein Junge (Kilian!) sich für die Mission berufen fühle ... Priesterliche »Richter« haben es ihm verwehrt.

Ich bin sicher, dass Kilian, auch wenn Sie mit Ihrem harten Spruch all seine Ideale vernichten, entsprechend seiner positiv-sittlichen Veranlagung und seiner ernsten Lebensauffassung auch in einem anderen Beruf mit Gottes Hilfe seinen Mann stehen wird. Nach meiner Lebenserfahrung öffnet sich gerade nach derartigen schweren Schicksalsschlägen das Tor zu einem anderen unverhofften Glück.

Und so will ich auch, Ihrer Anregung entsprechend, während der Karwoche im Leiden Christi Trost suchen und gleichzeitig hoffe ich, dass auch Sie in den verzeihenden Worten unseres Erlösers für Ihr Priesteramt Kraft und wahre Osterfreude finden werden.

Ihnen für alle aufgewendete Mühe an Kilian herzlich dankend, bin ich Ihr ergebener
Fritz Galeo.

Trotz der demütigenden Annahme des Urteils über seinen Sohn, war es dem Vater nicht mehr vergönnt, einen Abkömmling seines Geschlechtes als den so sehr ersehnten Priester heranwachsen zu sehen, und er musste sich somit einer ganz weltlichen Berufswahl von Kilian fügen, einer Berufswahl, die ihm das Herz erschütterte.

Kilian hatte also nach erfolgreichem Abschluss seiner Coiffeur-Lehre eine Anstellung in einem renommierten Salon in Graz gefunden, und Vera war eines Tages in diesen Salon gekommen. Sie hatte in einem luxuriösen Sessel Platz genommen, und Kilian trat an sie heran, um seine neue Kundin zu begrüßen. Schon während sie die ersten Worte miteinander wechselten, hatte sich Vera spontan in Kilian verliebt. Auch er war von ihr sehr angetan und widmete sich ihr in ganz besonderem Maße.

Als Vera mit ihrem topgestylten Kopf den Salon verließ, stand für sie fest, dass dieser Mann ihr Leben verändern würde, er es vielleicht schon verändert hatte.

Bei Kilian dagegen waren die Gefühle für Vera nicht ganz so tief gegangen, aber auch er hatte sich beim Verabschieden insgeheim gewünscht, sie schon bald wiederzusehen. Er sprach es aber nicht aus, dazu war er zu schüchtern und gerade jungen Frauen gegenüber tat er sich schwer, seine Gefühle mitzuteilen.

Vera hingegen war selbstbewusst und ihre (stumme!) Botschaft an die Männer lautete: »Ich bin eine außergewöhnliche, psychisch starke, realitätsbezogene Frau und möchte einem noch etwas verträumten und wenig liebeserfahrenem Jungen, eine passende Partnerin sein.«

Und die stumme Botschaft von Kilian an die Frauen war:

»Seht mich an, ich bin ein attraktiver, sportlicher Junge, brauche aber langfristig eine seelisch starke Frau, mit deren Hilfe ich durch das Labyrinth des Lebens steuern kann; eine Frau, die mich führt, ohne mir dabei das Gefühl zu vermitteln, dass ich der Geführte bin.«

Diese Botschaften waren nicht völlig wortlos erfolgt, im Gegenteil, in ihrem Gespräch, das sie im Salon führten, waren viele Belanglosigkeiten zur Sprache gekommen, in denen diese Botschaften jedoch in verschlüsselter Form kommuniziert – und auch »verstanden« wurden. Und als später dann nach der Verlobung dieser unausgesprochene Vertrag »rechtskräftig« geworden war, hatte dieser implizit folgendes zum Inhalt:

Jeder verspricht dem andern, seine, ihm oder ihr, von Anfang an zugewiesene »Rolle« nicht streitig zu machen.

Das aber bedeutete nichts anderes, als dass Vera und Kilian ab Beginn ihres Kennenlernens in ihrer jeweiligen Entwicklungsposition für alle Zeiten zu verharren hatten. Als »Dank« dafür wollte Vera Kilian eine starke und verlässliche Partnerin sein, und Kilian wollte Vera für immer ein netter, lieber, attraktiver Junge bleiben, ohne ihr jemals den ihr eigenen Führungsanspruch streitig zu machen. Beiden erschien ein solches (stilles) Abkommen eine ideale Basis für ihre gemeinsame Zukunft, ein imaginärer Ring, der sich noch nicht geschlossen hatte, der aber in ihren ersten Gesprächen, vor allem in der stummen Gestik, als zukunfstsgoldene Metapher zum Ausdruck kam und bei beiden die Hoffnung nährte, dass dieses insgeheim von beiden Erwünschte bald Wirklichkeit werden könnte.

*

So kam es, dass Vera schon bald wieder den Salon betrat, um erneut mit Kilian in Kontakt zu kommen. Dies geschah dann in immer kürzeren Abständen, so dass Kilian bald nicht mehr wusste, wo er an Veras Kopf noch Haare abnehmen sollte.

Als sie sich dann an einem lauen Sommerabend das erste Mal verabredeten, wartete Vera eine Stunde vergeblich auf ihn. Danach ging sie nach Hause. Am nächsten Morgen läutete bei ihr das Telefon, und Kilian sagte, dass er aus dem Krankenhaus anrufe, da er sich am Abend zuvor bei einem Autounfall den Arm gebrochen und Schürfwunden sowie Prellungen zugezogen habe. Er würde sich sehr freuen, wenn sie, Vera, ihn noch heute am Krankenbett besuchen würde. Nachdem das Gespräch zu Ende war, machte sich Vera noch ein wenig zurecht und fuhr dann ins Krankenhaus.

*

Hatte sie sich ihr erstes Rendezvous mit Kilian so vorgestellt? Nein, sicher nicht! Er lag mit einem gebrochenen Arm vor ihr als Schwacher, Kranker – eine jämmerliche Situation. Und sie stand vor seinem Bett als die Starke, Gesunde. Aber gerade diese Konstellation war es, in der ihre Beziehung, ihre Liebe, ihren Anfang nahm. Wenige Monate später machte Kilian Vera einen Heiratsantrag.

Am Tag der Hochzeit heiratete Vera einen netten, lieben, etwas verträumten, gutaussehenden jungen Mann.

*

Als Julia in ihrem Hotelbett in Zürich erwachte, stellte sie fest, dass Nils noch schlief. Sie stand auf, ging ins Bad und duschte. Sie duschte länger als sonst, wollte sich etwas von ihrem Körper waschen, etwas Imaginäres, das nicht so leicht zu entfernen war, vielleicht überhaupt nicht. Julia wusste selbst nicht, warum sie gerade heute das Bedürfnis hatte, ihre Haut besonders gründlich zu reinigen. Erst als sie später über ihren Traum nachdachte, der sie nicht losließ, ahnte sie, dass dieser Reinigungszwang in irgendeiner Weise damit in Verbindung stand.

Wie morgendlicher Nebel lagen die übriggebliebenen Traumfetzen gleich einem Schleier vor ihrem inneren Auge, und wie unter einem unerklärlichen Zwang versuchte sie, die Reste ihres Traumes zu einem Ganzen zusammenzusetzen. Sie legte sich auf die Couch, schloss die Augen, um sich die Bilder und Gefühle ihres Liebesaktes noch einmal, jetzt bei vollem Bewusstsein, zu vergegenwärtigen.

Was Julia dabei besonders faszinierte, war eine ihr unerklärliche Verwandlung der Traum-Personen; war sie sich anfangs ganz sicher, dass der Mann über ihr kein anderer als Nils war, so erkannte sie am Ende des Aktes, als sich der Traumliebhaber erhob und sie ihm in die Augen zu sehen vermochte, dass es nicht Nils, sondern ein ihr fremder Mann war. Und weiter stellte sie überrascht fest: dieser Fremde hatte nicht völlig nackt auf ihr gelegen, sondern umhüllt in einem Priestergewand, das Schultern und Rücken bedeckte, vorn aber weit geöffnet war. Ferner bemerkte sie eine Tätowierung, die seine ganze Brust bedeckte. Und in diesem »Bild« erkannte sie einen Krieger mit einer Lanze in der rechten Hand, und zu seinen Füßen wand sich ein nackter Frauenkörper. Die Lanze war zum Angriff gerichtet, so als wolle der Mordbrünstige jeden Moment zustechen.

»Du bist so still, alles okay?«

Die Stimme von Nils riss sie aus ihren Traumbildern.

»Alles okay, hatte nur letzte Nacht so einen verrückten Traum.«

»Träume sind Schäume!« wertete er das ab, indem er ihre Gefühle nicht zur Kenntnis nahm.

»Wenn du wüsstest, mit wem ich heute Nacht geschlafen hab'!« versuchte sie ihn zu provozieren.

»Sag schon!«

Julia antwortete ihm nicht und Nils war mit seinen Gedanken schon ganz woanders, so dass er ihr Schweigen nicht zur Kenntnis nahm. »Wir müssen rüber«, drängte er, »die Mädels warten schon!«

Wenige Minuten später, nachdem Julia in der Toilette festgestellt hatte, dass ihre Monatsblutung eingesetzt hatte, verließen sie das Hotelzimmer, um sich in das Etablissement zu begeben, zu den philippinischen Mädchen, die heute ihre ersten »Freier« erwarteten.

*

Kilian war in den Anblick des Kruzifixes auf dem Grab seiner Mutter vertieft. Er war ganz überraschend zu ihrem Geburtstag in seine Heimat gefahren, um ihr Blumen aufs Grab zu legen und ihrer zu gedenken. Er fragte sich, ob sie bei ihrem Tode, bei dem er nicht anwesend war, hatte leiden müssen, und er sagte sich, während er mit seinen Blicken auf den Wundmalen des Gekreuzigten verweilte, dass sie ganz sicher habe leiden müssen, weil eben in den Vorstellungen der Söhne Mütter leiden; denn so können sie ihnen leichter Gefühle der Trauer und des Schmerzes entgegenbringen.

Auch das Leiden Christi wurde ihm erstmals richtig bewusst, obwohl er es schon hunderte Male zur Kenntnis genommen hatte, damals im klösterlichen Internat, bei seinem Aufbruch zum Missionar und er stellte sich jetzt, in diesem Augenblick, vor, wie sie ihm die Nägel in Hände und Füße, die gewaltigen Zimmermannsnägel in das lebende Fleisch einschlugen. Er halluzinierte weiter wie ein Getriebener und stellte sich jetzt vor wie der Söldner unter Pontius Pilatus' Befehl Jesus die Lanze in die Brust stieß, ja, er war so verloren in dieses Geschehen vertieft, dass er tatsächlich meinte, Blut aus der Wunde auf der Brust fließen zu sehen.

Die Wehmut hatte ihn ganz in seiner Gewalt, so sehr, dass er nicht einmal hätte unterscheiden können, ob seine Trauer nun seiner Mutter oder dem geschundenen Jesus Christus galt. Und bei diesen Gedanken kamen ihm noch andere Bilder in den Sinn, Bilder aus seiner Kindheit; er sah seine Mutter vor sich, wie sie ihm abends vor dem Schlafengehen, nach dem gesprochenen Gebet, symbolisch mit dem vorher im Weihwasser geheiligten Finger ein Kreuz auf seine Stirn zeichnete. Und weiter sah er sich auf den Wegen seiner Kindheit gehen, diesmal mit seinem Vater. Es war ein schöner Sommertag, er, Kilian, war etwa fünf Jahre alt, und sein Vater ging mit ihm den Berg bei ihrem Haus hinauf und sagte: »So, Kilian, jetzt darfst du wieder Blumen pflücken für die Muttergottes, für unsere liebe Maria.« Und Kilian pflückte Blumen und legte sie der Muttergottes an der kleinen Marienkapelle demütig zu Füßen. Dann verharrten sie, Vater und Sohn, für kurze Zeit im Gebet.

*

TEIL ZWEI

Was war mit Kilian im Laufe der Jahre geschehen? Was war der Grund für seine seltsamen Träume, in denen er von der dunklen Seite des Weiblichen (von dem Riesenweib im klösterlichen Verlies) so sehr gedemütigt wurde? Und warum war in diesen für ihn traumatischen Augenblicken aus seiner Julia ein Riesenweib, ein Sexmonstrum, geworden, die ihn unter dem frostigen Gelächter der Mönche zu Boden stieß und sich mit ihren gespreizten Schenkeln auf ihn sattelte, um sich so mit ihm zu vereinigen?

Vereinigen!, das war die Metapher, die ihm jetzt – er hatte inzwischen seinen Lebenszenit überschritten – in seiner traumsymbolischen Deutung noch nicht in ihrer hintergründigen Bedeutung für sein inneres Wachstum als Mann zu Bewusstsein kam.

Mit dem realen, logischen Denken seiner linken Gehirnhälfte tat er dieses Traumgeschehen als Hirngespinst ab, als psychische Stoffwechselstörung, die für ihn, hätte er es artikulieren müssen, für seine Entwicklung als Mensch, seiner Ansicht nach, völlig belanglos war.

Dabei wäre es für sein weiteres Wachstum durchaus von Nutzen gewesen, diese, ihm durch das Traumgeschehen so barsch vermittelte Aufforderung, den weiblichen Anteil in sich anzunehmen und gleichberechtigt in sein Seelenleben zu integrieren.

Kilian sollte also erkennen, das er nicht mehr ausschließlich das männliche Prinzip zu leben hatte (wobei das Weibliche in ihm noch abgespalten war), wollte er in seiner menschlichen Entwicklung nicht stehenbleiben. Er aber sah alles Weibliche unter der Perspektive der Lust: manifestiert in der sexuellen Freude der körperlichen Vereinigung; etwas, das er abspalten, nicht frei in sich zulassen durfte.

Nun war aber die Zeit gekommen, wo das Weibliche in seiner Seele einen festen Platz beanspruchte und dies (in seinen Träumen) bildhaft zum Ausdruck kam: Das Weibliche hatte sich aus Protest zu einem Monstrum aufgeblasen, war ihm als Bedrohung erschienen, um ihm zu sagen:

»Da, schau her, wenn du mich nicht annimmst, mich nicht in dein Seelenhaus aufnimmst, mich weiterhin auslagerst, von dir trennst, dann werde ich dich im Traum mit Gewalt zu mir holen. Du hast kein Recht, mich aus unserer gemeinsamen Wohnung auszusperren, mir meine Würde zu nehmen, und mich geil in wildfremde Mädchen zu stecken, (zu projizieren) um dich so auf meine Kosten zu befriedigen, denn ich gehöre zu dir, bin ein Teil von dir, und ohne mich wirst du verkrüppeln, wirst du nur ein halber Mensch bleiben und deine Ganzheit, deine Reife, nie erreichen. Ohne mich wirst du zu einem seelenlosen Bock verkümmern.«

Auch Julia sehnte sich, ohne sich darüber bewusst zu sein, nach Ganzheit. Und da sie noch nie etwas von einem männlichen Anteil (Animus) und einem weiblichem Anteil (Anima) gehört und gelesen hatte, glaubte sie diese Ganzheit nur in der körperlichen, geschlechtlichen Beziehung mit Männern erfahren zu können. Erst im Liebesakt, so meinte sie, trete das stets ersehnte Männliche in sie ein. Und da ein Akt meist nur von kurzer Dauer ist, sehnte sie sich in immer kürzeren Abständen nach einer geschlechtlichen Vereinigung.

Hinzu kam, dass sie als Kind von ihrem Vater nur dann Liebe (Zuwendung) erfuhr, wenn sie sich ihm als Individuum unterwarf, ihr wahres Selbst, ihre wesenhafte Eigenständigkeit, verdrängte und sich so in ihrem Innersten untreu wurde. Das führte dazu, dass sie später als Frau nicht in der Lage war, Sexualität gleichberechtigt und in Harmonie zu empfinden: Nur in der Unterwerfung gegenüber dem männlichen Geschlecht vermochte sie Glücksgefühle zu entwickeln.

*

Machen wir einen kleinen Ausflug zu unserem Vorfahr: Sein Körperbau ist gedrungen, sein Gesicht spitz, seine Stirn flach, und seine Augenwülste sind besonders stark ausgeprägt. Er ist von kräftigem Körperbau, dem Augenschein nach primitiv. Vor allem aber meinte man noch bis vor kurzer Zeit, er sei dem Menschen von heute nicht ebenbürtig – der Neandertaler.

Forschungen aus jüngster Zeit mussten diese einseitige Sicht revidieren. Heute weiß man, dass die Lebensweise des Neandertalers sich nicht prinzipiell von der des modernen Menschen unterschied. Auch der Neandertaler fertigte ausgezeichnete Waffen, er baute Hütten, kümmerte sich um verletzte Artgenossen und bestattete seine Toten mit Blumen, Schmuck und anderen ausgewählten Grabbeigaben. Auch seine Sprache war entwickelt, bestand nicht nur aus unartikulierten Lauten. Der Aufbau seines Kehlkopfes war dem des heutigen Menschen gleich. Nils gab sein Wissen an Kilians Geburtstag im Salon zum Besten:

»Für mich, und da kann mir einer erzählen, was er will«, verkündete Nils seinen Vortrag, »sind sich der Neandertaler und der heutige, sogenannte Homo sapiens sapiens, in Vielem so ähnlich, dass ich sie kaum mehr unterscheiden möchte.« Und er fügte zum allgemeinen Amüsement hinzu: »Wetten, die haben auch nicht anders gevögelt als wir heute!?«

Alle Umstehenden im Coiffeur-Salon hatten ihm aufmerksam zugehört, waren aber bei dem zuletzt Gesagten in verhaltenes Gelächter ausgebrochen. Als Nils geendet hatte, ergriff Kilian, das Geburtstagskind, das Glas, erhob sich aus seinem Stuhl, und alle bemerkten, dass er seinen Gästen etwas mitzuteilen hatte.

»Ich möchte mich«, er musste sich mitten im Satz räuspern, »ich möchte mich bei euch allen für die vielen lieben Gratulationen und Geschenke zu meinem heutigen, ganz besonderen Tag, ganz herzlich bedanken. Ihr habt mir, wie immer, eine große Freude bereitet.« Das war alles. Kilian war kein großer Redner.

Vera, Julia, Nils, einige wenige Angestellte aus seinem Salon erhoben ihre Gläser und prosteten dem Geburtstagskind zu. Man feierte in Kilians Coiffeur-Salon.

*

Kilian war an einem Sonntag im Juni beim ersten Glockenschlag von vierundzwanzig Uhr (also exakt um Mitternacht!) geboren worden. Diese genaue Datierung mit der Hinzufügung »Sommerzeit« verdanken wir seinem Vater, der dies in seinem Tagebuch festgehalten hat. Kilians Vater war ein begeisterter Leser der »Geheimwissenschaften«, und vielleicht liegt darin seine minutiöse Aufzeichnung über Kilians Geburt begründet.

Fritz Galeo verfolgte den Lebensweg seines Sohnes nicht nur in den Anfängen, sondern weit darüber hinaus. Als Kilian bereits fünfzehn Jahre alt war, schrieb der Vater einen Brief an eine in Wien lebende Astrologin, die man ihm empfohlen hatte. Das Horoskop, das er bald darauf über seinen Sohn erhielt, ließ ihn aufhorchen, denn darin wurde Kilians besondere Neigung zum Priesterberuf bescheinigt. Auch habe er, so hieß es, neben einem ausgeprägten logischen Denken und Handeln, auch besondere Fähigkeiten im Bereich des Spiritistischen und Okkulten – bis hin zu der Gabe von Wahrträumen. Weiter hieß es in dem Horoskop, dass »Tode in seinem Leben eine gewisse Rolle spielen würden«.

*

Es war zwei Stunden vor Mitternacht, als Vera müde und beschwipst die Geburtstagsparty verließ. Kilian war noch im Salon geblieben. Beim Abschied sagte er zu ihr, dass er nur noch ein Weilchen zu bleiben gedenke und dann nach Hause kommen wolle. Irgendwann in der Nacht erwachte Vera aus einem schweren Traum. In ihrer Angst griff sie neben sich – doch Kilian war nicht da.

Der laue Frühsommerabend bewegte Julia und Nils, nachdem sie als letzte den Coiffeur-Salon verlassen hatten, zu einem ausgedehnten Bummel durch die Innenstadt. Im Schein des Vollmonds – es war eine sternklare Nacht – schwankten sie angesäuselt von Schaufenster zu Schaufenster, wobei Julia es nicht versäumte, Nils auf all die schönen Sachen aufmerksam zu machen, die ihr gefielen. Nachdem sie eine Weile durch die Gegend gebummelt waren, kamen sie an einer Kirche vorbei, einem Gebäude, das in der Regel weder bei Julia noch bei Nils besondere Beachtung fand.

Diesmal jedoch streiften ihre Blicke den Kirchturm, und da entdeckten sie eine Person, die mit ausgestreckten Armen oben auf dem Turm herumlief. Gebannt richteten sich ihre Blicke auf dieses seltsame Wesen. Sahen sie auf einen Mann, ohne diesen zu erkennen.

»Da!, da oben!, schau mal!« gab Nils seinem Erstaunen Ausdruck.

»Das ist doch ein Nachtwandler«, rief Julia.

»Muss ein Mondsüchtiger sein«, ergänzte Nils.

*

Das Präludium von Bach brauste wie ein Orkan durch die Stadtkirche. Kilian war in seinem Element. Schon damals im klösterlichen Juvenat war er durch sein perfektes Klavierspiel und später dann durch sein meisterliches Orgelspiel aufgefallen. Von Zeit zu Zeit überkam es ihn noch heute, und dann musste er wieder an die Orgel, um sich an der Kunst der alten Meister zu berauschen.

An jenem Tag hatte er Julia ganz allein zu sich in die Kirche gebeten, zu deren Räume er einen Zweitschlüssel besaß. Der Pfarrer war so freundlich gewesen, ihm zu bestimmten Zeiten das Orgelspiel zu erlauben. Vor allem abends, wenn die Kirche nicht mehr für Messen oder Andachten genutzt wurde. Auch hatte er darauf zu achten, dass die Kirche während seines Orgelspiels verschlossen war, damit niemand den heiligen Ort unkontrolliert betreten könne. Der Pfarrer wusste, dass Kilian – obwohl ein Friseur -, im Herzen ein Priester war, dem der reale Weg dahin nur durch widrige Umstände verwehrt wurde.

Julia saß allein unten im Kirchengestühl und war ganz in das Präludium von Bach vertieft. Mit einem Mal aber ergriff sie ein seltsames Gefühl, das ihr ein Kribbeln im Bauch verursachte, und ihren Tiefen entstiegen seltsame Bilder, Bilder ihrer Kindheit – sie sah sich zurückversetzt in die Zeit ihrer heiligen Kommunion, und weiter blätterte sie in ihrem gedanklichen Poesiealbum. Die Bilder wurden immer schwärzer. Bei einer ganz bestimmten Seite verharrte sie ganz plötzlich, bemühte sie sich die nachfolgenden Bilder wie Kreide von einer Tafel wegzuwischen, jedoch es gelang ihr nicht: sie, die kleine Julia, das junge Mädchen, befand sich allein mit dem Geistlichen, bei dem sie mit den anderen Mädchen gerade in der Sakristei am Kommunionunterricht teilgenommen hatte.

»Bitte bleibe noch ein wenig hier«, hatte der Geistliche zu ihr gesagt, »ich muss noch mit dir reden, nur mit dir ganz allein.«

Und Julia war geblieben, hatte sich ihm voller Unterwürfigkeit zugewandt. Der Pfarrer fuhr fort: »Liebe Julia, du weißt, du bist die Beste im Unterricht, und deshalb möchte ich dir eine Freude machen; sage, würde es dir nicht gefallen, wenn wir beide ein Geheimnis miteinander hätten?«

Julia war über diese Frage recht irritiert, doch da sie von so einem hohen Herrn wie dem Pfarrer so etwas Verheißungsvolles gefragt wurde, stotterte sie mit bangem Herzen, dass es vielleicht so sein könne, wie Hochwürden meinte.

Und der Geistliche züngelte weiter: »liebe Julia, du weißt doch, dass der menschliche Körper vor Gott ein schmutziger Körper ist?« Julia antwortete mit leiser Stimme: »Ja, Herr Pfarrer.«

Und das inkarnierte Böse fuhr fort:
»Siehst du – ich aber werde deinen Körper jetzt vor dem Herrn zu einem geweihten, zu einem reinen Körper machen, so dass du dich nie mehr deines schmutzigen und sündigen Fleisches zu schämen brauchst; dazu ist es jedoch erforderlich, dass du jetzt dein Röckchen und dein Höschen ausziehst, damit ich es mit meinen Händen weihen kann.«

Julia war bei den Worten des Pfarrers kreidebleich geworden, sie wollte sich aber, tapfer wie sie war, nichts anmerken lassen, und in ihrer kindlichen Unbedarftheit meinte sie, dass das, was der Geistliche jetzt mit ihr zu machen gedenke, sicher seine Richtigkeit habe, ja mehr noch, dass dies sicher eine ganz besondere Zuwendung sei, die sie, nur sie, vor allen anderen Mädchen von ihm bekommen sollte. Und Julia hauchte ein schüchternes: »Ja, Herr Pfarrer«, worauf der Geistliche begann, sie behutsam zu entkleiden.

Als Julias unschuldiger Körper nun nackt durch des Priesters Hände und Finger glitt, begann derselbe lateinische Worte vor sich hin zu murmeln. Julia erklärte es sich so, dass dies sicher ein Gebet sei, und als sie die knochige Hand des Teufels so kalt und fordernd zwischen ihren Schenkeln, auf ihrer Scham, zu spüren begann, war auch der letzte Funken Glaube an das Gute in dem Herrn Pfarrer in ihr gebrochen und sie ließ all die seltsamen, teils schmerzhaften Berührungen, in geforderter Demut an sich geschehen.

*

Über das, was ihr in der Sakristei widerfahren war, hätte sie mit ihrer Mutter nicht zu sprechen vermocht; das ahnte sie mit kindlicher Gewissheit. Auch nicht mit ihrem Vater. Was hätte sie auch sagen sollen? Mami, der Pfarrer hat mich da unten angefasst. Die Mutter hätte ihr zu verstehen gegeben, dass Männer – und erst recht, wenn es sich um Geistliche handele – nichts Böses täten, und dass der Herr Pfarrer ihr ja schließlich keinen körperlichen Schaden zugefügt habe.

»Sieh doch«, hätte sie gesagt, »am ganzen Körper hast du nicht eine einzige Strieme und keinen blauen Fleck!« Und vielleicht hätte sie noch hinzugefügt: »Kleines, du weißt doch, der Pfarrer hat dich halt besonders lieb, da musst du ihm schon ein bisschen zu Willen sein.«

Julia vermochte dies als Kind nicht so zu formulieren, aber es war eine Stimme in ihr, die es ihr inhaltlich so zu verstehen gab.

Später, als sie erwachsen war, hatte sie oftmals über Mutter und Vater nachgedacht und sich gefragt, was diese beiden Menschen verband. Julia war bemüht, mehr über Mutter und Vater zu erfahren; so hatte sie sich im Laufe des Lebens mühsam ein imaginäres Konstrukt von ihnen gezimmert und auf Vieles nur Schein-Antworten erhalten; ein Bild, das sie sich schon früh von ihren Eltern zu malen begann.

Geboren und aufgewachsen war Julia im Norden Deutschlands, an der See, und wenn man sie gefragt hätte wie sie ihre Kindheit empfunden habe, so hätte sie einen verklärten Gesichtsausdruck bekommen und die schönsten Geschichten erzählt: vom Meer, vom Wind, der ihre Haare zerzauste und ihren Körper im Sommer angenehm streichelte, vom wilden Toben in den Dünen und der großen Freiheit, von den vielen Tieren, den Hunden, Katzen und Pferden, von den Fischern, den Kähnen und den Stürmen, und letztlich würden sich ihre Geschichten in der unendlichen Weite des flachen Landes verlieren, würden wie riesige Trauben bunter Luftballone aufsteigen und immer höher fliegen, bis nur noch ein kleines Pünktchen von ihnen hoch droben im Himmel übrig wäre. Auch der Pfarrer, dort in der Sakristei, würde stumm, ohne auch nur die geringste Erinnerung hinterlassen zu haben, mitfliegen, aufsteigen in den grenzenlosen Himmel und nie wieder zurückkehren auf die Erde, zurück in ihr Leben.

Die Antworten auf ihre Fragen, die sie sich in der Kindheit gestellt hatte, waren ihr erst spät im Leben gekommen, und sie erkannte, dass ihre Mutter eine bigotte Frau war, der alles, was mit der Kirche zu tun hatte, im wahrsten Sinne des Wortes heilig erschien.

Auch war Julia, jetzt, wo sie reichlich Lebenserfahrung hatte, bewusst geworden, dass ihre Mutter durch ihr Verhalten dem Vater gegenüber wie auch durch ihre indirekten Botschaften an sie, die Tochter, ihr schon damals zu verstehen gegeben hatte: Meine Kleine, jetzt wirst du es noch nicht begreifen, aber später, wenn du groß bist, wirst du wissen, dass ich, deine Mutter, keine Liebe mehr für die Männer empfinde, dass sie für mich nur ein notwendiges Übel sind, mit dem man als Frau leben muss.

Und weiter hatte ihr die Mutter einen stummen Auftrag erteilt, einen Fingerzeig für ihr späteres Leben, der da lautete: Schenke keinem Mann deine Liebe, im Gegenteil, du sollst dir alles, aber auch alles, von ihnen bezahlen lassen!

Diese Mahnung, den ihr ihre Ernährerin mit auf den Weg ins Frauenleben gab, vermochte sie als Kind nicht bewusst zu hinterfragen. Sie spürte nur, dass da etwas war, eine Art Wehmut ihrer Mutter, die ihr diese Botschaft in ihr noch unschuldiges Kinderherz weinte und nach der sie dann in ihren weiteren Jahren, ohne zu wissen warum, ihre Einstellung dem Männlichen gegenüber unbewusst auszurichten begann. So erfüllte sie quasi sublim den an sie gerichteten Auftrag ihrer Gebärerin: Julia wurde eine Prostituierte, die sich für die körperliche Liebe von den Männern bezahlen ließ.

Und wie war das Verhältnis zu ihrem Vater gewesen? Hatte er sie nicht immer »meine Kleine, meine Heilige«, genannt? Dabei war seine Einstellung den Frauen gegenüber eine patriarchalische. »Die Weiber haben zu parieren, haben sich dem Mann zu unterwerfen!« Nur sie, die Tochter, war in den Augen des Vaters die Heilige, die sich zwar auch seine Zuneigung verdienen musste, aber – das hielt sie ihm immer zugute – angefasst, berührt, hatte er sie nie!

Wenn sie auch manchmal traurig darüber war, dass der Vater nicht mehr lebte (er war, als sie noch Kind war, mit seiner Phantom bei einem Trainingsflug in den USA tödlich abgestürzt), so war sie doch froh, dass er es nicht mehr erleben musste, dass seine kleine Heilige heute eine Hure war, denn das hätte ihm sicher sehr weh getan. Kilian war, nachdem er sein Orgelspiel beendet hatte, von hinten an Julia herangetreten, hatte seinen Kopf ganz nah zu ihrem hinuntergebeugt, seine Arme zärtlich um ihre Brust gelegt und sanft ihre Wange mit der seinen berührt.

»Hat es dir gefallen«, fragte er.

»Wunderschön!« Sie erwachte aus ihren Gedanken und wandte sich ihm zu.

Sie sahen sich in die Augen, und Julia vergaß in diesen Sekunden ganz, dass sie ja eine Prostituierte, selbst für Kilian (noch) ein käufliches Wesen war, und mit einem Mal fühlte sie so etwas wie leises Glück in sich aufsteigen, Glück, das ihren Körper satt durchströmte, und überrascht stellte sie fest, dass sie herzliche Liebe und tiefe Zuneigung für ihn empfand.

Nachdem sie sich lange schweigend in die Augen gesehen hatten, küssten sie sich. Es war Nacht, als sie die Kirche verließen.

*

Als Julia den Salon Kilian betrat, wurde sie von Vera freundlich begrüßt. Vera wies ihr einen Platz zu und sagte ihr, dass Kilian leider momentan eine andere Kundin bediene und dass sie deshalb mit ihr vorlieb nehmen müsse. »Ist schon gut«, antwortete Julia und nahm im Stuhl Platz.

Vera begann, ihr die Haare zu waschen. Nachdem sie damit fertig war, legte sie ihr ein Handtuch über und tupfte es ab.

»Weißt du, was Nils und ich neulich in der Nacht gesehen haben?«, begann Julia das Gespräch und fuhr fort: »Da ist doch tatsächlich einer mitten in der Nacht um den Kirchturm herumgelaufen.«

»Was du nicht sagst«, erwiderte Vera.

»Ja, in der Nacht, als wir Kilians Geburtstag feierten; wir sind dann noch so durch die Stadt gelaufen, und ich habe Nils den Großen Bären gezeigt. Es war nämlich ein sternklarer Himmel, musst du wissen, und da haben wir plötzlich einen Nachtwandler entdeckt, der auf dem Rondell um den Kirchturm herumgelaufen ist.«

»Was du nicht sagst«, entgegnete Vera erneut mit Staunen. »Und du weißt noch, um welche Zeit das ungefähr war?« bohrte sie nach.

»Ich meine mich zu erinnern, dass es so um Mitternacht war.«

Da Vera nicht geneigt war, weiteres Interesse an diesem Vorfall zu zeigen, wechselte Julia das Thema und sie begannen nun über die neueste Mode zu diskutieren.

Kilian hatte die ganze Zeit über vom anderen Ende des Salons das Gespräch der beiden Frauen mitgehört.

*

Es war Sonntag. Die Tour, die sie sich ausgesucht hatten, war beschwerlich, die Steigung wurde für sie zur Schinderei, doch zum Glück hatten sie etwas Rückenwind. Sie waren drei Mann. Nils fuhr auch mit. Ebenso Schicklgruber, ein ehemaliger Mitschüler von Kilian, der für einige Tage bei ihm und seiner Familie zu Besuch weilte. Sie hatten sich für heute eine Bergstrecke in der nahen Schweiz, im Kanton Basel, vorgenommen. Gut die Hälfte ihrer Wegstrecke hatten sie schon hinter sich, und um die Mittagszeit beschlossen sie eine Rast einzulegen. Dabei kam Kilian mit Nils ins Gespräch:

»Alles klar?« fragte er ihn.

»Alles klar!«

»Und?« wollte Kilian mehr wissen.

»Was und?« fragte Nils zurück.

»Na ja, du weißt schon, Zürich, wie läuft Zürich?«

»Ich kann nicht klagen, bin mit den Mädels zufrieden, hat sich inzwischen herumgesprochen unser Laden, das Telefon steht nicht mehr still.«

»Also, der Rubel rollt«, ergänzte Kilian.

»So ist es, mein Freund«, bestätigte Nils.

»Und Julia muss jetzt nicht mehr so oft hin?«

»Ach was, die kann sich hier ein schönes Leben machen. Habe für Zürich gute Leute gefunden, aber natürlich muss ich öfter hin und nach dem Rechten sehen, sonst kochen die sich dort ihr eigenes Süppchen.«

»Und was wird mit Florida?« fragte Kilian interessiert.

»Florida? Ach ja, Florida! Das steht nach wie vor auf dem Programm, keine Frage. Das machen wir, Julia und ich; aber erst muss ich von meinen Krediten etwas runter, das heißt, Julia muss runter, läuft ja auf ihren Namen; hat ein Schweinegeld verschlungen, das alles.«

»Verstehe«, sagte Kilian nachdenklich.

Nach einer kurzen Rast, beschlossen sie, die Tour fortzusetzen.

Der Kontakt mit Schicklgruber hatte bei Kilian die Zeit im Klosterinternat wieder aufleben lassen, und wieder einmal durchlebte er die Demütigungen, die man ihm dort angetan hatte, als ihn Priester aus dem Internat verwiesen und ihm mit diesem infamen Urteilsspruch seine Zukunft, mehr noch, seine Berufung, zerstörten, denn er fühlte sich von Gott zum Priester berufen. Eine Stimme in ihm aber bohrte ohne Unterlass und gab ihm zu verstehen:

»Kilian, du bist ein Priester, ein Priester von der Geburt deiner Stunde an, und wenn du deine Berufung auch nicht nach den weltlichen Regeln erfüllen kannst, so wirst du eben heimlich als Priester walten, wirst die Rituale auf deine ganz eigene Art zelebrieren, die heiligen Sakramente mit Wasser, Öl, Brot und Wein im Sinne der Einswerdung, deiner ganz persönlichen Einswerdung, feiern.«

Auch wenn Kilian sich bemühte, diese innere Stimme zu verdrängen, so meldete sie sich doch immer wieder, nicht nur in seinen Träumen, und er sagte sich, dass es wohl so sein müsse, dies eben ein Auftrag sei, den er von Gott erhalten und den zu erfüllen er bestimmt worden sei.

Er begann langsam zu erahnen, welchen Weg er nun gehen solle, diesem Auftrag höhere Gestalt zu verleihen, und als er dabei wie zufällig an Julia dachte, leuchtete es gleich einem Blitz in ihm auf – ein himmlischer Fingerzeig, dem er jetzt nur noch Folge leisten musste. Kilian setzte sich, es war noch schwarze Nacht, an seinen Schreibtisch und schrieb Julia einen Brief, in dem er sie im Namen Gottes bat, seinen so brennenden Herzenswünschen Folge zu leisten.

Auf handgeschriebenem, edlem Bütten, teilte er Julia mit, dass sie am folgenden Sonntag zu mitternächtlicher Stunde in das Gotteshaus kommen möge, dies in einem blütenweißen Kleid, und auch die Strümpfe und Schuhe sollen in unbeflecktem Weiß Zeugnis von ihrer tief im Herzen verankerten kindlichen Unschuld geben; ihre Lippen, diese jedoch, forderte er sie auf, rot zu schminken, blutrot. Und weiter gab er ihr kund, dass er mit ihr eine ganz besondere Messe zu zelebrieren beabsichtige, und dass dies sein heiliger Ernst sei. Sie solle darüber nicht lachen, ihn bitte nicht für verrückt halten. Er habe diesen Auftrag von höherer Stelle erhalten, und sie solle keine Angst haben, es würde ihr nichts geschehen.

Weiter war zu lesen, dass er fest mit ihrem Erscheinen rechne, und er bat sie noch einmal inständig, ja demütig, ihn nicht zu enttäuschen.

*

Aus den Erzählungen schwerverwundeter Soldaten weiß man, dass es oft geraumer Zeit bedurfte, bis sie sich ihrer Verwundung bewusst wurden. Dies geschah meist erst in dem Augenblick, als sie des Blutes, das aus ihren zerfetzten Kleidern rann, gewahr wurden.

Auch Kilian trug eine schwere Wunde, eine tiefe Verletzung mit sich herum, eine Wunde in seiner Seele, die ihm im klösterlichen Internat zugefügt worden war, als man ihn damals in der Nacht des verbotenen Ausflugs hintergangen, danach gewogen und für zu leicht befunden hatte. Und bis zum heutigen Tage war ihm diese Verletzung als solche in ihrer ganzen Tragweite nicht bewusst geworden, eine Verletzung, von der er nur spürte, wie sehr sie in ihm bohrte, in ihm nagte und sich trotz der blendenden weltlichen Erfolge nicht beiseite schieben ließ.

Allzu bewusst, an der Oberfläche, war sein Leben verlaufen, ausgerichtet auf Disziplin, die er so kultiviert hatte, dass er dabei seine Gefühle vollständig verdrängte. Aber die Wunde in ihm arbeitete, fraß sich weiter durch seine Brust, schwoll an wie ein Tumor, leise, schmerzlos, bis sie eines Tages so aufgebläht war, dass sie ihm von innen auf seine Brustwand drückte und jeden Moment aufzubrechen drohte.

Julia gegenüber hatte er oft hilfesuchend Andeutungen gemacht, hatte mit ihr zusammen dieses nicht Greifbare, diese Macht, die sich auf der dunklen Seite seiner Seele zu entfalten begann, aufzuspüren versucht. Und Julia hatte mit ihm gefühlt, hatte sich bemüht, mit seinem Herzen zu sehen, hatte den Druck in seiner Brust intuitiv wahrgenommen.

Doch die Tentakel der Krake »Leben«, der alltäglichen Pflichten, hatten sich schon so fest um ihn geschlungen, dass sie seine Brust zuschnürten wie ein zu streng angelegtes Korsett.

Es war Julia, die seine Not in einem Gespräch mit dieser Metapher verglich, gleichsetzte, und so war es kein Wunder, dass sie in jener Nacht in Zürich, in ihrem Hotelbett, von diesem seltsamen Traum heimgesucht wurde, dem Traum mit diesem fremden Mann in einem priesterlichen Gewand, einem Mann, den sie als Kilian zu identifizieren glaubte und der, als er sich nach dem Akt von ihrem Körper erhob, gleich darauf jedoch in sich zusammengesunken war, nachdem Blut aus seiner Brust geflossen und ihren nackten Körper so archaisch besudelt hatte.

So sehr also waren Kilians und Julias Seele schon miteinander verwoben, ihrer beider Leben unter einem höheren Auftrag miteinander verschweißt.

*

Am dritten Abend seines Besuches bei Kilian war Schicklgruber ganz plötzlich in ein heftiges Plädoyer für den Katholizismus ausgebrochen. Mit seinen Worten stieß er bei Kilian auf fruchtbaren Boden.

»Wusstest du eigentlich«, ereiferte sich Anton, »dass unser katholisches Erbe im Grunde ein weibliches Erbe ist? Ich weiß, das klingt seltsam, aber was die Frömmigkeit und die Einstellung angeht, ist der Katholizismus eher weiblich als männlich.«

Und er fuhr in seinem Vortrag fort: »Beispiel Kleidung, da ist es doch so, dass wir uns in schimmernde Seide und Spitzen kleiden, wenn wir amtlich aussehen wollen, Zierhüte aufsetzen bei öffentlichen Funktionen. Apropos weiblich: hast du schon mal was von Anima und Animus gehört?«

»Nein, klingt aber interessant.«

»Also, nach der Psychologie von C. G. Jung ist es so: die Frauen haben eine sogenannte Anima, das ist der bewusste und vordergründige Teil ihrer Seele, zugleich aber haben sie auch einen Animus, der jedoch in den tieferen Schichten ihrer Psyche angesiedelt ist, sie dazu befähigt, die männliche Seite ihrer Gesamtpersönlichkeit zu erspüren und im Idealfall zu entfalten und zu einer Ganzheit mit ihrer Anima zu entwickeln.«

»Und wie ist das beim Mann?« war Kilian interessiert.
»Beim Mann ist sein Animus dominierend, der ist der bewusste und vorherrschende Teil seiner Seele. Doch auch der Mann hat seinen weiblichen Anteil, seine Anima, die unbewusst ist, ihn aber befähigt, auch die weibliche Seite seiner Gesamtpersönlichkeit zu entfalten.«

»Sehr interessant«, kommentierte Kilian, und Anton fuhr fort: »Historisch gesehen hat also der Katholizismus einen westlichen Animus und eine östliche Anima gehabt.«

»Das verstehe ich nicht«, warf Kilian ein.

»Also, das ist so«, bemühte sich Schicklgruber, »im Äußeren und Organisatorischen ist die katholische Kirche männlich, im Innern aber, aus der spirituellen Perspektive, ist sie weiblich.«

*

Sonntag, wenige Glockenschläge vor Mitternacht. Kilian traf die rituellen Vorbereitungen für seine Schwarze Messe mit seiner Geliebten. Als erstes ging er in einen Seitenraum, nahe dem Altar, in den man als Kirchenbesucher keinen Einblick hatte. Dort befanden sich Schränke, Kommoden, ein Spiegel, auch die Schalter für das Licht.

Kilian knipste nur einige wenige Lampen im Seitenschiff an, sodass der Altar selbst in einem sanften, milden Licht erschien; ihm war dabei sein sündiges Tun voll bewusst, und mit klopfendem Herzen begann er sein Vorhaben in die verbotene Tat, in ein frevlerisches

Sakrileg, zu verwandeln. Kilian war berauscht in seinem Wahn, eine okkulte Messe der seelischen Vereinigung mit Julia zu zelebrieren. Er öffnete jetzt diverse Schränke, besah sich verstohlenen Blickes die Gewänder, und ward kurz darauf überwältigt ob der so umfangreichen Auswahl an prunkvollen Messgewändern: für eine kleine Dorfkirche wie dieser absolut ungewöhnlich! Er wählte einen roten Talar aus schwerem, fließenden Samt. Die Wahl des Hutes gestaltete sich schwieriger. Schließlich entdeckte er eine Kopfbedeckung, die ihm zu dem prachtvollen Kardinalgewand passend erschien. Dann sah er sich ganz gezielt nach weiteren Requisiten um – legte alles was er für sein Ritual benötigte mit Eifer auf ein silbernes Tablett: Weihwasser, den Messkelch, edle Öle und Salben, ein goldenes Gefäß gefüllt mit Asche, auch die Schellen, die ihm aus seiner Zeit als Ministrant vertraut waren. Dann suchte er noch nach einer Nadel sowie nach einem Stück Stoff, wobei er Letzteres in einem roten Seidenschal fand. Die Nadel selbst war jedoch nicht eine wie wir sie gemeinhin kennen; es war eine mehrere Zentimeter lange Nadel, ein äußerst filigran gearbeitetes Stech-Werkzeug, das auf den ersten Blick einem chirurgischen Besteck ähnelte; aufgrund der optischen Erscheinung hätte man dieses edle Metallgebilde ohne Übertreibung als eine erlesene Juwelierarbeit zu empfinden vermocht: ein Schmuckstück gar, das mittels eines integrierten silbernen Griffes mit eingelegten diamantähnlichen Steinen als die Krone schlechthin aller auf dem Tablett hier vereinten Requisiten hätte angesehen werden können.

Kilian stellte sich alles fein säuberlich zusammen, so, wie er es für sein Ritual benötigte. Danach schritt er gemessenen Schrittes zum Altar und begann mit seinen Handlungen. Er verschob den in der Mitte des Altars stehenden Kandelaber mit den Kerzen auf den äußeren rechten Rand und begann eine Decke aus schwarzer Wolle, die er in den Schränken gefunden hatte, über den kalten, sakralen Stein zu breiten. Das Tablett mit den ausgewählten Requisiten positionierte er so, dass alles für ihn während des Rituals gut zu erreichen war. Jetzt zündete er die Kerzen des Kandelabers an, sechs dicke Kerzen von gewaltiger Höhe. Den Ständer mit der Heiligen Schrift auf dem Altar berührte er nicht, seine Positionierung am linken Rand des Altars schien ihn nicht zu stören.

Kilian sah auf die Uhr. Es waren noch wenige Minuten bis zum vollen mitternächtlichen Stundenschlag der Kirchenglocken. Sein Herz brannte jetzt heftig nach ihr; nach Julia. Und während er so vor dem Altar stand, verloren und einsam in seinem mysteriösen Tun, einen letzten prüfenden Blick auf diese sakrale Bühne werfend, legte sich von hinten eine Hand sanft auf seine rechte Schulter. Kilian wandte sich um. Julia erschien vor ihm: in einem blütenweißen Kleid, in glitzernden Strümpfen und kreideweißen Schuhen. Und mit Lippen, so rot wie Blut. Und da war es ihm, als befinde er sich mitten in einem Märchen aus seiner Kindheit. Dieses so engelgleiche Wesen vor ihm wirkte auf ihn nicht wie ein leibhaftiger Mensch, nein, Julia verlieh dem Geschehen einen geheimnisvollen Zauber: eine göttliche Choreographie, welche der Komposition eines ewig zeitlosen Kirchen-Gemäldes entnommen schien. Es hätte von Botticelli sein können.

Kilian und Julia standen sich jetzt gegenüber, sahen sich in die Augen;

»Schön, dass du gekommen bist«, flüsterte er ihr zu.

»Was hast du vor, kannst du mir das bitte erklären?« drängte Julia.

»Ich werde ein heiliges Ritual an dir vollziehen, du wirst dich auf den Altar legen und ich werde dir die Augen verbinden. Ich bitte dich, lass alles, was ich fortan an Dir tue, ganz einfach geschehen.«

»Du bist verrückt!«

Mit einer kleinen Hilfestellung von Kilian hob sich Julia auf den Altar wo sie sich sogleich auf den Rücken legte. Mit einem roten Tuch verband er die Augen. Darauf nahm er von der Asche und zeichnete Julia damit ein Kreuz auf die Stirn, indem er den grauen, körnigen Sand durch seine Finger rieseln ließ. Dabei sprach er: »Mensch bedenke, dass du aus Staub bist und wieder zu Staub werden wirst.«

Jetzt begab er sich zur linken Seite des Altars, wo die Heilige Schrift auf dem Ständer lag und begann darin zu blättern. Er suchte eine ganz bestimmte Stelle, und als er sie gefunden hatte, las er daraus feierlich. Nach jedem Vers erklangen die Schellen.

Als er mit der Liturgie geendet hatte, ergriff er den leeren Messkelch und erhob das ihm Heilige symbolisch zum Ewigen Licht, dessen Docht mit friedlichem Brand göttliche Sanftmut in den Raum verströmte. Jetzt langte er nach dem Gefäß mit dem Weihwasser, goss davon in den goldenen Kelch, stellte ihn ab; nahm danach mit Bedacht die Nadel auf, strich prüfend wie ein Chirurg über deren Spitze, die er kurz darauf in das Feuer einer der brennenden Kerzen hielt.

Darauf sprach er mit sanfter, feierlicher Stimme: Julia, ich werde jetzt von deinem Blut nehmen, hab' keine Sorge, du wirst dabei keine Schmerzen verspüren.

Er nahm die Nadel, dieses überlange, filigrane Besteck, das einer spätmittelalterlichen Gerätetruhe entnommen schien, führte es zum Ohrläppchen ihres linken Ohres und stach mit ruhiger Hand in das Fleisch; danach legte er die Nadel wieder beiseite; einen jetzt langsam ausquellenden Blutstropfen strich er sanft mit dem Zeigefinger auf und tauchte diesen sogleich in den Messkelch, vermischte so Julias Blut mit dem geweihten Wasser. Danach zelebrierte er ein

Gebet, und als Kilian es beendet hatte, erhob er den Kelch demonstrativ zum »Ewigen Licht«; gleich darauf trank er von dem ihm Heiligen, erging sich so innerlich tief bewegt in dieser okkulten Vereinigung von seiner mit Julias Seele. Kilian stellte den Messkelch ab, legte seine rechte Hand auf ihre linke Brustseite, direkt über Julias Herz. Dabei versank er in eine kurze Meditation.

Mit feierlicher Miene ergriff er ein zweites Mal den Messkelch und trank ihn nun ganz aus. Seine rechte Hand langte jetzt nach einem Tüchlein, um damit die Wunde an Julias Ohrläppchen sorgsam abzutupfen; jetzt erst löste er bedächtig das Tuch von Julia's Kopf, streifte es von ihrem Gesicht, und gab ihr nun zu verstehen, dass das Ritual, die Messe der beiderseitigen Seelen-Vereinigung von ihm mit ihr, nun beendet sei und sie sich vom Altar erheben könne.

Julia richtete sich auf, sah sich um; ihre Blicke verloren sich in einer menschenleeren Kirche und vor sich erblickte sie Kilian in seinem prunkvollen priesterlichen Gewand mit seinem komischen Hut. Mit einem Mal war ihr zum Lachen zumute wegen all des Unsinns, den Kilian da an ihr zelebriert hatte, aber sie beherrschte sich, spielte mit scheinbarer Demut dieses Spiel bis zum Ende mit, obwohl sie keinen Sinn darin zu erkennen vermochte. Ja, sie half ihm sogar, diese seltsamen Gegenstände wieder abzutragen.

Nachdem Kilian am Altar und im Seitenraum wieder alles auf Anfang zurückgestellt hatte, begab er sich auf die Empore und füllte den Sakralbau mit einer Fuge von Bach.

Julia hatte auf sein Geheiß im Mittelschiff Platz genommen; während sie jetzt in das majestätische Orgelspiel versunken war, löste sich ein kleines rotes Etwas von ihrem Ohrläppchen und ein dicker Tropfen Blut fiel auf ihr weißes Kleid, begann, sich langsam ausbreitend, ihren Schoß rot zu färben.

TEIL DREI

Während der Fahrt in dem roten Jaguar durch Florida war es dunkel geworden. Julia wurde allmählich müde und sehnte sich nach dem gemütlichen Motel. Stunde um Stunde legte sich die Dunkelheit wie eine schwere, schwarze Wolke über die Stadt, durch die sie gerade mit ihrem Leihwagen fuhren. Es wurde Nacht in Miami.

Sie sah hinüber zur Fahrerseite. Nils gefiel ihr, er war braun gebrannt, sein langes Haar fiel über seine starken, breiten Schultern und sein Schmuck ließ seine Männerbrust noch stattlicher erscheinen.

»Hier muss es doch irgendwo sein, dieses verdammte Motel! Ich glaub', ich hab' mich verfahren!«

»Wirst es schon finden, vielleicht sollten wir mal fragen, was meinst du?«

»Wird uns wohl nichts anderes übrigbleiben, hab' genug von der Kurverei.«

Nils hielt an. Es war ein elendes Viertel hier an der 63. Straße, berüchtigt durch Drogenhandel, ständige Raubüberfälle, Car jackings.

Er stieg aus, sah sich um. Was er bemerkte, waren einige kümmerliche Gestalten, die in einer Gruppe zusammenstanden und lebhaft zu diskutieren schienen. Der Fremde war den Typen aufgefallen. Sie waren danach in Gestik und Sprache verstummt, sahen zu dem roten Jaguar, starrten auf Nils.

Gemächlich löste sich einer aus der Gruppe, ging wackeligen Schrittes auf den Fremden zu; als dieser Typ nah am Wagen war, erschrak Nils im Anblick dieser gar nicht menschenfreundlichen Gestalt: ein kümmerliches männliches Wesen mit einem seltsamen

Gebaren, im Gesicht grauenvoll entstellt mit unzähligen, hässlichen Narben. Der Angsterregende glotzte auf Nils, starrte in das Wageninnere, entdeckte eine schöne Frau mit glänzendem Schmuck; daraufhin brüllte er was in einem gottverdammten, nicht verständlichen Slang. Nils sagte brav auf Englisch, dass er Hilfe brauche, da er sich verfahren habe. Er suche hier in der Nähe ein Motel...wie er da hinkomme mit seinem Wagen, dabei zeigte er demonstrativ auf den Stadtplan, den er in Händen hielt.

Das Narbenface war nahe an Nils herangetreten und beugte jetzt seinen Kopf über den Plan. Der Mann stank nach Alkohol und billigem Tabak. Er tauchte jetzt noch tiefer in den Stadtplan, gab einige fetzige Laute von sich, die Nils nicht verstand, dann fuhr er mit seinem Zeigefinger die 63. Straße entlang und hielt an einer bestimmten Stelle an.

»You are looking for this Motel here, right!?«

»Right!«, bestätigte Nils.

Der Unheimliche beschrieb mit vielen Worten und wilden Handbewegungen den Weg. Dann setzte er hinzu:

»It isn't far from here, about two minutes, okay?!«

»Okay!« antwortete Nils.

Kurz bevor sich dieses menschliche Grauen den Anschein gab, sich zu entfernen, streiften seine hassverquollenen Blicke ausgiebig Nils' protzigen Brustschmuck und Julias Gesicht mit den funkelnden Ohrringen. Das Paar hatte darob jedoch keinerlei Bedenken in diesen Sekunden, im Gegenteil, Julia fand es prima von dem Typ, dass er ihnen so spontan mit seiner Auskunft geholfen hatte. Sie kurbelte das Fenster ganz herunter, rief »just a minute, Mister!«, griff nach ihrer Handtasche, zog aus dem Portemonnaie einige Dollarscheine und streckte sie dem kümmerlichen Etwas demonstrativ entgegen. Der kam jetzt ganz unvermittelt nah auf sie zu, entdeckte diamantene Ringe an ihrer Hand, spuckte einen tief verächtlichen Blick darauf; er begab sich jetzt seltsam nah an den Wagen, streifte mit seinem Körper die Beifahrertür, fiel fast hinein zu Julia. Der Unheimliche hatte plötzlich eine Pistole in der Hand, richtete den Lauf der Waffe unauffällig, kaum sichtbar, auf Julias linke Brustseite.

Auf den kurz darauf erfolgten Schuss trat für den Bruchteil weniger Sekunden eine unheimliche Stille ein. Als Nils das Geschehene zu Bewusstsein kam, war der Mörder bereits verschwunden. Nils sah gerade noch einen schwarzen Wagen mit quietschenden Reifen davonrasen. Julia war blutüberströmt in sich zusammengebrochen.

Nils konnte das Geschehene nicht fassen und was er jetzt tat, vermochte er später bei den Verhören nicht mehr logisch auf die Reihe zu bringen. Es war jetzt alles nur noch Panik. Er stürzte sich in den Jaguar, raste los, ohne Ziel. Der Deutsche donnerte die Dreiundsechzigste mal rauf, mal runter, bog da ein, geriet beinahe in Gegenverkehr, stoppte dann im Schweiße seines Angesichtes an irgendeiner stark belebten Kreuzung; da, wo der Verkehr durch Ampeln gebremst ward, wo vereinzelt Fußgänger zu entdecken waren, und er sich genau da, an solch einer Stelle, Hilfe erhoffte. Er hätte ohnehin nicht weiter fahren können, denn Julia's lebloser Körper war bei der wilden Fahrerei ohne jeglichen Halt eines Gurtes nach unten gerutscht, so dass ihr Kopf nun im Bereich der Fußpedale lag und er Julia hätte mit seinem Fuß zur Seite drücken müssen, um sicher weiterfahren zu können.

Nils flüchtete aus dem Wagen, rannte ziellos umher, fuchtelte wild mit den Armen herum, schrie wie ein Besessener ungehört in die nah an ihm vorbeifahrenden Autos hinein: ein Irrer, ein Verrückter – so hätte man ihn in diesen Augenblicken wahrgenommen. Eine Streife stoppte mit quietschenden Reifen. Nils mit seinem bruchstückhaften Englisch hatte Mühe, sich verständlich zu machen. Der Deutsche stolperte zum Wagen, riss die Beifahrertür des roten Jaguar auf. Die Polizisten sahen hinein, blickten auf Blut und eine menschliche Gestalt am Boden, blickten auf den Deutschen, doch sie verstanden nicht, was Nils ihnen immer und immer wieder verständlich zu machen bemüht war, nämlich, dass er sich verfahren habe, dass sie ein ganz bestimmtes Motel gesucht hätten, dass er einen Unbekannten nach dem Weg gefragt habe, dass seine Freundin ihre Handtasche hervorgeholt, das Fenster geöffnet, um diesem als Dank für seine Auskunft ein Trinkgeld zu geben. Dann sei ein Schuss gefallen, und er, Nils, sei daraufhin in Panik losgefahren. Wo das genau gewesen sei, daran könne er sich nicht mehr erinnern, er wisse ja in Miami nicht Bescheid und spreche kaum Englisch, ja, und dann sei er auch noch ein wenig angetrunken.

Nachdem die alarmierte Notrettung eingetroffen war, wurde schnell festgestellt, dass Julias Leben nicht mehr zu retten war. Die Polizisten legten dem scheinbaren Mörder Handschellen an, gaben über Funk Anweisungen, nahmen den Deutschen namens Nils Rimak mit.

Bei den anschließenden Untersuchungen ergab sich für die Staatsanwaltschaft ein Bild, das ihr so schlüssig, so ausreichend erschien, dass beschlossen wurde, auf eine eingehende Untersuchung, auf Befragungen eventueller Tatzeugen, auf eine Rekonstruktion am Tatort, den Nils dann später doch noch aus seinem Gedächtnis hervorzukramen vermochte, zu verzichten. Das für die Staatsanwaltschaft »schlüssige« Bild setzte sich aus folgenden Einzelheiten zusammen:

Im Motelzimmer, in dem sich die beiden Deutschen in der Nacht davor einquartiert hatten, fand man neben wertvollem Schmuck auch eine Pistole, an der Reste von Schmauchspuren entdeckt wurden. Zudem fehlte im zugehörigen bestückten Magazin eine einzige Patrone. Rimak wurde verhaftet. Es bestand dringender Mordverdacht. In den nächsten Tagen kamen weitere Belastungen auf den Deutschen zu: Auf Nachfrage bei den deutschen Behörden waren Julia Nikischa und Nils Rimak nicht verheiratet, hatten jedoch hohe Lebensversicherungen auf Gegenseitigkeit abgeschlossen. Weiter recherchierten die staatlichen Ermittler, dass Julia eine Prostituierte war, Nils ihr Zuhälter, ein Mann mit Vorstrafen.
Das alles reichte einige Wochen später aus, um Rimak vor dem Bezirksgericht von Miami des Mordes anzuklagen. Die angeblich dafür ausreichenden Fakten stützten sich auf den Waffenfund, seinen schillernden Lebenslauf sowie einen polizeilich stümperhaft zusammengezimmerten Tathergang zu Lasten des Angeklagten. Selbst die Verteidigung bestand nicht auf konkrete Ermittlungen, war nicht interessiert an Tatort, Tätersuche, Untersuchung der Tatwaffe, Augenzeugen. Schlimmer noch: Der Anwalt machte in seinem Schlussplädoyer deutlich, dass er seinen Mandanten eines Mordes durchaus für fähig hielt. Das reichte den Geschworenen, um Nils Rimak in nur zwei Stunden Beratungszeit schuldig zu sprechen. Die Anklage lautete: Heimtückischer Mord! – eine Tat, die in Florida grundsätzlich mit dem Tode bestraft wird.

Nils Rimak kam in den Hochsicherheitstrakt von Death Row und erhielt die Nummer 778904.

*

Kilians Leben war nach dem Fortgang von Julia ärmer geworden. Er dachte nur noch an sie und harrte ungeduldig jeden Tag, inzwischen sogar schon stündlich, auf ein erlösendes Lebenszeichen von seiner heimlichen Geliebten.

Als er auf dem Weg zum Salon an einem Zeitungsständer vorbeikam, der vor einem Kiosk aufgestellt war, überflog er im Vorübergehen die Schlagzeilen: Eine davon erregte seine Aufmerksamkeit: DEUTSCHES SEXGIRL IN FLORIDA ERSCHOSSEN!

Kilian sprang in den Kiosk, zahlte, machte auf dem Absatz kehrt und riss sich draußen das Boulevardblatt aus dem Ständer, zog sich in eine stille Ecke nahe dem Salon zurück und verschlang mit flakkernden Blicken im Stehen den Bericht, in dem von einem deutschen Touristen namens Nils Rimak in Florida die Rede war, ein »Playboy«, der seine Begleiterin heimtückisch erschossen habe.

Sein Freund Nils ein Mörder? Niemals! Kilian entrüstete sich so laut, dass sich einige der Passanten nach ihm umdrehten: »Niemals!«

*

»He's never a killer!«, beendete er engagiert seine Geschichte, die er dem Taxifahrer from his good friend Nils während der Fahrt zum Bezirksgericht in Miami soeben erzählt hatte. »Never, you understand?!«

Der Taxifahrer nickte nur mit dem Kopf, immer und immer wieder, eine kuriose, devote Gestik, die an die (zu jener Zeit so öffentlich genannten) Nickneger in den katholischen Kirchen der fünfziger Jahre erinnerte, kleine, metallene Figuren, deren Köpfe sich vor- und zurückneigten, als Dank, wenn eine Münzspende in den Schlitz ihres Bauches geworfen wurde.

Kilian hatte einen guten Flug gehabt. Er hatte sich ganz spontan zu dieser Reise entschlossen, er musste so handeln, musste Nils beistehen, denn er glaubte, ihm helfen zu können.

An der Pforte zum Gericht forderte man ihn auf, seine Papiere vorzulegen.

Nachdem er sein Anliegen vorgebracht hatte, musterte ihn der Polizist.

»German?!«

»Yes, German!« antwortete Kilian.

»Friend from Mr. Rimak, Julia Nikischa?!«

»Yes, from Nils and Julia!«

Kilian wurde vorgelassen, kam in ein schäbiges Vorzimmer, wo die ganzen Formalitäten abgewickelt wurden. Fragen, Papiere, Fragen. Ein höherer Beamter betrat den Raum, sprach mit dem Bürokraten, dem Kilian gegenübersaß. Very interesting hörte ihn Kilian sagen, nachdem er von dem Dienstmann erfahren hatte, warum Kilian aus Deutschland angereist war.

»Kommen Sie mit, Sie können die Frau identifizieren«, forderte ihn der Uniformierte in brüchigem Deutsch auf.

Kilian folgte dem Mann. Sie fuhren mit dem Aufzug in die Kellerräume.

»Wir machen jetzt einen Ausflug zu den Toten«, wurde er aufgeklärt. Ihm war etwas mulmig zumute, denn er war zuvor noch nie in einem Leichentiefkühlhaus gewesen. Und jetzt sollte er in wenigen Minuten seiner geliebten Julia gegenüberstehen, sollte sie als diese identifizieren.

Der Beamte sah eine Liste ein, suchte den Namen. »Julia Nikischa, right?!«

Kilian nickte nur mit dem Kopf, sagen konnte er nichts. Ihn würgte es im Hals und er tat sich schwer, seinen Speichel hinunterzuschlucken.

Der Mann zog jetzt ein langes Fach auf, frostige, neblige Eisluft drang beiden entgegen.

»Have a look! Is this the person called Julia Nikischa?«

O ja, sie war es! Was für ein entsetzlicher, unheimlicher Anblick – dieser gefrorene Körper, und dann dieses – zu Kilians großem Erstaunen – vom Tod scheinbar unberührte Gesicht – gespenstisch umhüllt vom aufsteigenden Dunst des sich im Raum verströmenden Raureifs: für Kilian ein Bild wie im Traum: Julia – von Weihrauch umweht. Für ihn war sie in diesem Augenblick für alle Zeiten unvergänglich geworden.

Kilians Blicke berührten jetzt spontan, ja fast wie aus einem inneren Zwang heraus, Julia's linkes Ohr und mit dem Mittelfinger seiner rechten Hand betupfte er sanft das damals von ihm beim Altar-Ritual gestochene Ohrläppchen.

»What's the matter?!« fragte ihn der Mann verwundert. »Did you love her?«

O ja, und wie er sie liebte!

Diese Liebe wurde ihm jetzt besonders schmerzhaft bewusst, jetzt, wo er sie für immer verloren hatte. Und ein weiteres Mal strich er mit zitterndem Finger über genau die Stelle am Ohrläppchen, genau da, wo er das Blut von seiner Liebsten genommen hatte; es schien ihm eine Ewigkeit her, dieses Geschehen in der Kirche auf dem Altar, und es kam ein wenig Trost in ihm auf, es wurde plötzlich hell und warm in seiner Seele, und mit einem Mal ahnte er es zu wissen: Julia sollte ewig weiterleben!

Er solle noch nicht abreisen, wurde ihm gesagt, man brauche ihn noch, morgen, da wolle ihn ein bestimmter Herr zu Mr. Rimak befragen. Man werde ihm ein Zimmer für diese Nacht besorgen. Morgen um zehn Uhr solle er erneut ins Gericht kommen.

»See you tomorrow, and have a good night.«

*

Irgendwann in der Nacht fuhr Kilian von seinem Bett hoch, schrie etwas in den dunklen Raum hinein und war nach dem Öffnen der Augen froh, dass alles nur ein Traum gewesen war. Es war der Mord an Julia, den der Traum eigens nur für ihn, den Liebenden, Leidenden, auf seine ganz eigene Art und Weise inszeniert hatte und dessen Umstände und Begleiterscheinungen er in seinem subjektiven Betrachten seiner Traumbilder gleich einem analytisch aufbereiteten Beweismittel empfand.

Kilian war nun auch imaginär »Zeuge« dieses blutigen Geschehens geworden, und als das Narbenface im Traum die Pistole auf Julia richtete, war der nachfolgende Schuss wie ein Kanonenschlag in sein Ohr eingedrungen, hatte ihm fast den Kopf zerrissen. Selbst von den schlimmsten Sekunden dieses schrecklichen Geschehens wurde er nicht verschont, musste das ausströmende Blut wehrlos in seine Seele lassen. Dabei hatte sich sein Körper aufgebäumt, war er in seinem Bett, in diesem billigen Motel, hochgeschreckt.

Kilian knipste die Nachttischlampe an. Das Licht reichte aus, um sich im Raum umzusehen, wozu er sich vor dem Schlafengehen keine Zeit mehr genommen hatte, denn er war gestern todmüde ins harte Bett gefallen. Der Raum, kahl, ein Poster hing ein wenig schief angepinnt an einer der Wände – eine Fotografie, die ein Liebespaar zeigte, das sich eng umschlungen an einem Sandstrand vergnügte; hinter ihnen, am Horizont, die untergehende Sonne.

Kilians Blick verweilte auf dem Bild, es war nicht das Liebespaar, das seine besondere Aufmerksamkeit erregte, es war der Sonnenuntergang, der ihn auf so seltsame Art faszinierte, in ihm weitere Bilder freisetzte; in der untergehenden Sonne sah er nicht einfach nur unser Zentralgestirn, nein, er sah mehr, sah durch die Sonne hindurch, entdeckte einen großen, roten Ball darin, einen Spielball, und hinter dem Ball vermeinte er ein menschliches Wesen auszumachen, den Schemen eines Kindes – und in diesem Moment wurde ihm bewusst, dass es nicht irgendein Kind war, sondern der verunglückte Junge, damals vor seinem Coiffeur-Salon, der in diesem verschwommenen Bild hier in diesem schäbigen Motel, mit dem Kopf nahe der Kante des Bürgersteigs liegend, erneut so tragisch sterben musste.

*

Kilian stürzte die schwarze Brühe, die er nur schwer als Kaffee zu identifizieren vermochte, aus der Styropor-Tasse in sich hinein. Zu einem genüsslichen Frühstück benötigte er guten Kaffee und eine richtige Porzellantasse, außerdem fehlte ihm die innere Ruhe. In wenigen Minuten hatte er seinen Termin. Und er wusste, dass er nicht zu spät kommen durfte.

»Do you speak english?« fragte ihn freundlich der Untersuchungsbeamte.

»Ä littl« antwortete Kilian.

»Okay, ich werde holen eine Übersetzerin«, stotterte der Beamte. Er nahm den Hörer vom Apparat, der vor ihm auf dem Schreibtisch stand, wählte, sagte etwas, bekam Antwort, und sein Gesicht hellte sich auf, als er auflegte.

»Es wird kommen gleich eine Fraulein mit gut Deutsch, zu ihr. Sie können sagen alles über Mister Rimak, okay?!«

»Okay«, sagte Kilian.

Die Frau, die kurz darauf das Office betrat, war zu Kilians Erstaunen nicht eine der verstaubten, verhärmten Beamtinnen, wie er es aus amerikanischen Filmen gewohnt war, sondern eine durchaus attraktive Enddreißigerin (so schätzte er sie ein) mit schwarzen Haaren, die sie züchtig zu einem Dutt zusammengebunden hatte. Kilian versuchte sich vorzustellen, wie sie wohl mit offenem Haar aussehen würde, und als er mitten in seinen Gedanken war, streckte sie ihm die rechte Hand entgegen.

»Guten Tag, Herr Galeo, wir freuen uns, dass Sie zu uns gekommen sind. Leider ist es so, dass wir über eventuelle Bekanntschaften oder Freunde von Mr. Rimak und Frau Nikischa so gut wie nichts wissen. Und um diesen schwierigen Fall zu den Akten legen zu können, nehmen wir gern solche ganz persönlichen Informationen entgegen. Habe ich richtig verstanden, dass Sie uns Einiges erzählen möchten, was die Person Rimak und die erschossene Begleiterin, Frau Nikischa, betrifft, Herr Galeo?«

Kilian war von dem perfekten Deutsch dieser Frau beeindruckt. Am liebsten hätte er sie gefragt, wo sie so gut Deutsch gelernt habe, aber er verkniff sich diese Bemerkung, die in diese Moment völlig deplatziert gewesen wäre, und antwortete höflich:

»Ja, ich möchte Ihnen gerne persönliche Informationen über Nils, pardon, über Herrn Rimak und Frau Nikischa geben.«

Die Beamtin zeigte Kilian eine Fotografie von Nils und Julia – es war ein Bild aus früheren, glücklichen Tagen, das Nils bei seiner Festnahme in seinen Papieren mit sich trug – und ließ sich von ihm die Personen darauf als Herr Rimak und Frau Nikischa förmlich bestätigen. Dann fragte sie ihn, ob es ihm etwas ausmachen würde, wenn man seine Aussagen auf Tonband nehme.

Kilian zögerte einen Moment, gab dann aber doch seine Einwilligung.

»Also«, begann er seine Aussage, »Sie wissen ja, dass ich die Leiche von Frau Nikischa gestern bereits als solche identifiziert habe.«

»Ja, das ist mir bekannt«, sagte die Beamtin.

»Haben Sie Frau Nikischa gut gekannt?«

»Ja, ich habe sie sehr gut gekannt, sie war eine Freundin, also wie eine gute Freundin«, verbesserte er sich.

»Frau Nikischa war eine Prostituierte und Herr Rimak ihr Zuhälter.«

»Ganz so kann man das nicht sagen. Sie waren in erster Linie ein Paar, das zwar geschäftlich in diesem Milieu zu tun hatte, aber sie waren menschlich eng befreundet. Nils, pardon, Herr Rimak, war kein Zuhälter, wie man sich das im Allgemeinen vorstellt, er war ein Geschäftsmann in einem Gewerbe, das eben keinen guten Ruf genießt. Herr Rimak war niemals gewalttätig, hat keine Vorstrafen in diesem Bereich.«

»Herr Galeo, Sie halten hier ein Plädoyer für Herrn Rimak, doch das ist nicht erforderlich; können Sie uns nicht noch einige Fakten aus seinem Leben mitteilen?«

»Entschuldigen Sie bitte, das sind für mich Fakten, denn sie zeigen auf, wie Herr Rimak als Mensch ist. Übrigens: Herr Rimak kann keiner Fliege etwas zuleide tun. Gut, er mag vielleicht ein harter Geschäftsmann sein, aber er hat seine Julia sehr geliebt, auch wenn er es nach außen hin nicht gezeigt hatte. Herr Rimak ist definitiv kein Mörder, das versichere ich Ihnen, ja, das schwöre ich Ihnen, und nur weil er sich in Deutschland einige Strafsachen eingehandelt hat, ist das noch lange kein Grund, ihn als Mörder von Julia, von Frau Nikischa, zu verurteilen.«

»Sie wissen, dass wir große Mengen an wertvollem Schmuck, Schusswaffen und auch Drogen in seinem Hotelzimmer gefunden haben?« »Nein, das wusste ich nicht, aber das beweist doch trotzdem nicht, dass er der Mörder von Julia Nikischa ist.«

»Das müssen Sie schon den Geschworenen überlassen, Herr Galeo!«

»Ja, sicher, aber ich meine, dass man den Fall doch erst einmal genauer untersuchen muss, verstehen Sie, Zeugensuche. Den Mord muss doch jemand gesehen haben, dort in der 63. Straße.«

»Es stimmt, es sind bisher noch keine Zeugen gesucht, geschweige denn vernommen worden, denn es erschien dem Staatsanwalt nicht erforderlich, angesichts der Funde, der Vorstrafen in Deutschland, der gegenseitigen hohen Lebensversicherungen, Sie verstehen ...«

»Ich verstehe, aber gibt es denn keine Möglichkeit, in so eine Art Revision zu gehen, alles noch einmal aufzurollen?«

»Da müssen Sie schon einen Rechtsanwalt ausfindig machen, der sich dieser Sache annimmt, und ich versichere Ihnen, Herr Galeo, das ist eine teure Angelegenheit hier in USA, damit werden Sie sich verdammt schwer tun.«

»Aber ich werde mich, solange ich lebe, für die Unschuld von Herrn Rimak einsetzen, das können Sie mir glauben.«

»Wir glauben Ihnen, Herr Galeo, aber trotzdem müssen wir bei der momentanen Lage bleiben; haben Sie noch etwas zu Frau Nikischa zu sagen?«

»Ja, Frau Nikischa hat Herrn Rimak sehr geschätzt. Ich habe sie immer nur liebevoll miteinander reden hören. Nicht in jenem Ton, wie man ihn aus dem Milieu und von Zuhältern gewohnt ist, nein, sie waren ein Paar, und sie waren stolz darauf, dass die Leute dort, wo sie gemeinsam hinkamen, stets von ihnen als Paar fasziniert waren.«

»Ja, ich verstehe.«

»Ich kann mir also nicht vorstellen, dass Herr Rimak irgendein Motiv gehabt hätte, seine Julia umzubringen.«

»Denken Sie an die hohen Lebensversicherungen, Herr Galeo!«

»Die mussten sein, weil sie sich gegenseitig brauchten, allein wäre Julia aufgeschmissen gewesen in dem Gewerbe«, und auch er als Geschäftsmann sagte sich, wenn ich Julia je verlieren sollte, dann musste wenigstens Geld her, viel Geld.

Er wollte damit sagen, wenn schon der Schmerz des Verlustes, dann wenigstens keine Geldsorgen mehr.«

»Erzählen Sie das später dem Rechtsanwalt.«

»Natürlich, ich möchte Ihnen hier nur Fakten ...«

»humanfacts ...«

»Richtig!, menschliche Argumente für seine Unschuld liefern.«

»Okay, Herr Galeo, wir danken Ihnen für Ihre Informationen. Wir werden diese weiterleiten an den obersten Richter. Was daraus wird, können wir Ihnen nicht sagen.«

»Ich habe eine Bitte: Kann ich mit Herrn Rimak persönlich sprechen?«

»Sorry, Herr Galeo, das ist leider vorerst nicht möglich.«

»Erlauben Sie mir wenigsten noch eine Frage ...«

»Bitte, Herr Galeo.«

»Wird Frau Nikischa, pardon, wird die Leiche von Frau Nikischa, nach Deutschland überführt, zur Beerdigung, meine ich?«

»Ja, die Überführung wurde nach der Autopsie schon in die Wege geleitet. Sie wird in einen kleinen Ort im Norden von Deutschland kommen, dorthin, wo sie geboren wurde und wo angeblich auch ihre Schwester noch lebt. Die Überführung wird sehr bald sein. Vielleicht ist die Leiche dann schon in wenigen Tagen an ihrem Bestimmungsort.«

»Bitte, könnten Sie mir noch sagen, wie dieser Ort in Norddeutschland heißt?«

»Ja, das ist möglich, warten Sie einen Moment, ich muss in den Papieren nachsehen.«

Die Beamtin durchsuchte jetzt verschiedene Stapel auf dem Schreibtisch, dann zog sie einen roten Ordner hervor, blätterte darin ...

»Hier steht es, der Ort heißt Norderkoog, er soll sich auf einer kleinen Halbinsel befinden, direkt an der Nordsee, so jedenfalls hat mir das Herr Rimak gesagt; und falls es Sie interessiert, die Leiche von Frau Nikischa wird von hier nach Hamburg geflogen und von dort dann mit dem Wagen zu diesem Ort gebracht.«

»Danke für die Auskunft.«

»Wann werden Sie nach Deutschland zurückfliegen, Herr Galeo?«

»Bald, voraussichtlich übermorgen.«

»Wir wünschen Ihnen einen guten Flug. Vielleicht sehen wir uns einmal wieder, Sie wissen ja, Sie müssen einen Rechtsanwalt beauftragen, hier ...«, die Beamtin hielt ihm einen Zettel hin, »... das ist die Adresse von Jimmy Waiter; er hat schon viele Todeskandidaten vor dem elektrischen Stuhl gerettet. An ihn müssen Sie sich wenden, wenn Sie etwas erreichen wollen. Und hier ...«, sie hielt ihm jetzt noch eine Karte hin, »... hier habe ich Ihnen die Adresse des Gefängnisses aufgeschrieben sowie die Nummer von Herrn Rimak. Wenn Sie wollen, können Sie ihm schreiben.«

Dankend nahm Kilian Zettel und Karte entgegen und verabschiedete sich von der Dolmetscherin. Der Untersuchungsbeamte hatte das Büro schon während des Gesprächs verlassen.

Als Kilian sich draußen vor dem Gericht allein wähnte, zog er, unter einer der Palmen, verstohlen den Notizzettel und die Karte hervor ...

Jimmy Waiter, Rechtsanwalt, Gegner der Todesstrafe, Miami. Gleich danach besah er sich die Karte mit der Gefängnisadresse von Nils. In der letzten Zeile las er: Häftlings-Nr.: 778904

*

Am Flughafen steuerte Kilian sogleich auf eine der Telefonboxen zu. Aus seiner Brieftasche zog er einen Kalender heraus, in dem er seine wichtigsten privaten Telefonnummern mit sich führte, suchte nach der Vorwahlnummer für Deutschland und wählte, nachdem er einen Moment lang überlegt hatte, die Nummer vom Salon Kilian in Deutschland.

»Salon Kilian«, meldete sich Vera.

»Ja, hier auch Kilian«, sagte er scherzend.

»Kilian!«, Veras Stimme überschlug sich, »endlich meldest du dich! Sag, was hast du erfahren, wo bist du gerade, wie geht es dir ...?«

»Schatz, es gibt viel zu erzählen, jetzt aber nur das Wichtigste: Julia habe ich identifiziert. Nils durfte ich weder sehen noch sprechen. Es soll da einen Rechtsanwalt geben, der ihn raushauen könnte, wenigstens lebenslänglich, wenn wir Glück haben. Das kostet natürlich 'ne Menge, wir werden sehen.«

»Und wo bist du jetzt?«

»Am Flughafen von Miami. Ich werde zunächst nach Hamburg fliegen ...«

»Hamburg! Was willst du in Hamburg?«

»Julia wird überführt, kommt nach Hamburg, dann in so ein Nest in Schleswig-Holstein, wo sie herkommt und wo noch ihre Schwester lebt. Wart mal, hab' den Namen vergessen, jetzt fällt mir's wieder ein, Norderkoog heißt der Ort. Dort soll sie begraben werden, ich möchte dabei sein.«

»Bei der Beerdigung?«

»Ja, bei der Beerdigung!«

»Ja, und wie denkst du dir das, hier, der Salon, die viele Arbeit und alles?«

»Ist mir egal, stell halt eine Aushilfe ein für ein paar Tage.«

»Aushilfe? Du bist gut!«

»Keine Sorge, Schatz, ich bleibe nur ein paar Tage, muss mir einfach ansehen, wo sie herkommt, wo sie hinkommt.«

»Du bist verrückt!«

»Gut, dann bin ich halt verrückt, du, der Chip geht zu Ende, ich ruf' dich von Hamburg oder sonstwo aus an. Mach's gut und Küsschen an Verena.«

Die Verbindung war abgebrochen. Kilian ging eine neue Karte kaufen, dann erkundigte er sich am Schalter, wie er umbuchen könne, da er beabsichtige, nicht wie geplant nach Zürich zurückfliegen, sondern nach Hamburg.

Die Dame am Schalter gab ihm Auskunft, stellte neue Tickets aus. Seine Maschine starte bereits in drei Stunden, sagte sie mit einem freundlichen Lächeln, während sie ihm die Papiere aushändigte.

*

Das Aufheulen der Triebwerke, dieser Ausbruch an Energie, den er unbewusst mit himmlischer Energie gleichsetzte, dieses vibrierende Beben katapultierte ihn aus seinem heißgelaufenen Gedankenkarussell, in dem er sich wieder einmal zu verlieren schien, holte ihn zurück auf den Boden, machte einen harten Schnitt in seinem Film, der gerade vor seinem inneren Auge ablief.

Der Schub, den er jetzt an seinem ganzen Körper spürte, versetzte ihn in einen gewissen lustvollen Rausch, der zugleich aber auch ein Bangen in seinem Herzen auslöste, da er nun mit Leib und Leben einem technischen Ungetüm ausgeliefert war, und er betete innerlich, unhörbar, dass alles gut gehen möge. Hätte ihn jemand dabei näher betrachtet, hätte diese Person nichts von seinem Bangen bemerken können. (Es kann – nebenbei gesagt – mit Sicherheit angenommen werden, dass beim Start einer Maschine so mancher der Insassen still und heimlich ein kleines Stoßgebet zum Himmel schickt, damit sie alle im Flieger sicher und unversehrt ihr Ziel erreichen!) Die Gedanken, in die Kilian vor dem Aufheulen der Motoren vertieft war, gingen weit in sein früheres Leben zurück; es war dies sozusagen ein Ausflug in seine Jugendzeit, die von einem strengen Alltag, dort bei den Mönchen, geprägt war. Danach, als er kurz vor dem Ziel seines priesterlichen Weges sich zum Verlassen des Stiftes gezwungen sah und er unvorbereitet in das weltliche Leben geworfen ward, gab es für ihn einige wenige Jahre jugendlichen Glücks, durfte er sich in Träumen ergehen, waren ihm erste sinnlich erfüllte Liebeleien vergönnt, die er reichlich genoss.

Es war nicht so, dass er sich, gleich einem Ausgehungerten, in die fleischlichen Lüste gestürzt hätte, keineswegs! Dies hätte er weder mental noch psychisch vermocht, musste er sich doch erst mal nach einem spartanischen Leben hinter Klostermauern mit der Süße einer unbegrenzten Freiheit vertraut machen. Und als dann ein neuer Sommer begann, nicht nur der Sommer der Jahreszeiten, sondern auch ein Sommer in seinem Herzen, wurde er offen für die sinnlichen Freuden eines jungen Lebens.

Einige Monate, bevor er Vera dann in Graz in dem Coiffeur-Salon zum ersten Male traf, spielte ihm sein Lebens-Schicksal noch einige bewegende, in schönster Verliebtheit getränkte Begegnungen mit lebensfrohen Frauen zu, mit denen er himmlische Glückseligkeiten erfahren durfte.

Während Kilian so in jenen freudvollen Tagen versunken war, vergaß er in diesen Minuten des Startvorgangs vollständig, wo er sich eigentlich befand; so sehr hatte er sich verloren in jenen glücklichen Momenten, in der für ihn so selten erfolgten Zeitlosigkeit, in jener spielenden Leichtigkeit des Seins, die er jetzt, umgeben von so vielen, sich körpernah beieinander befindenden Menschen, in seinem Erinnerungsschatz hervorkramte; er musste sie nicht suchen, ganz im Gegenteil: sie flogen ihm zu, er vermochte sich dieser Gefühle, die ihn in diesen Sekunden in seinem Gehirn regelrecht fluteten, nicht einmal zu erwehren; und es war ihm gerade recht, es tat ihm gut, diese Sonnenstrahlen bis tief in sich hineinzulassen. Man konnte jetzt auf Kilians Gesicht ein Lächeln ausmachen – und wenn wir jetzt mit ihm hätten sein können, da, wo er sich gerade mental befand, nämlich im Glücksgarten des Lebens – würden wir Zeuge werden und mit ansehen dürfen, wie er just in diesem Moment Hand in Hand mit seiner Liebsten durch lauschige Winkel im Märchenpark des Frohsinns lustwandelt.

Gehen wir doch ein Stück seines Weges mit ihm und erleben so mit, wie er, der kleine Prinz, der Junge, dem mit dem Feuer der Jugend die Welt gehört, gerade von Hormonen der Wonne durchströmt wird, wie er es genießt, dieses so berauschende Wohlbefinden zu verspüren, wie er den schnellen Puls seiner Angebeteten, das pochende, unhörbare Klopfen in ihrem Herzen durch die miteinander verschlungenen Hände nun auch in sich selbst besitzen durfte. Und so verband sich dieses so paradiesische Dahinschweben seiner Geliebten mit dem Rausch seiner eigenen Glücksseligkeit zu einem Mysterium des Glücks.

Und so himmelweit wie er sich in diesen Sekunden in höheren Sphären zu verlieren schien, so nah wiederum vermochte er ihr samtweiches Haar zu verspüren, das jetzt, durch einen ganz überraschenden Windstoß, wild und betörend sein Gesicht umspielt; jetzt, wo er sie an sich gezogen hatte, an seinen Körper, sie umklammert wie wenn sie sein leibeigener Besitz wäre, sich fest an sie schmiegt und dabei durch ihr Kleid hindurch diese sanfte, ihm schon vertraute, erotische Unebenheit erfühlt, dieses kleine, einem Knopf ähnlichen Gebilde, eingebettet in das so straff gespannte Band hautnah anliegender Strapse, um dann kurz darauf von zarter Seide in warme Haut überzufließen in die zum Greifen nahe Sünde: diese Verlockung, diese Versuchung, diese Vorfreude eines stummen Versprechens – dem allen musste er in diesen längst weit zurückliegenden Augenblicken noch widerstehen, sich auch weiterhin als Gentleman, als geduldiger, beherrschter und empathischer Liebhaber erweisen; bis zum Abend vielleicht, dann, wenn bei Wein und verträumter Musik sein Begehren glückselige Erfüllung zu finden vermochte.

Und die Welt wurde ihm wieder schön, die Hoffnung, auf ein sich bald erfüllendes Wunder greifbarer; plötzlich roch alles intensiver, war beglückender, und fernab seines momentanen Daseins ergoss sich in seinem flüchtigen Tagtraum die Sehnsucht nach Leben begierig durch seine Adern. Und doch wusste er: Verliebtsein ist Irrtum, ist das wahr gewordene Wunder, das wie Goldtaler aus den Sternen fällt, das den Verwunschenen sucht und verwandelt. Ein Vulkanausbruch, der das Herz zum Glühen bringt und den Verstand zum Schmelzen.

Ja, so dachte er, so fühlte Kilian, in einem Flugzeug sitzend und dem Himmel zufliegend. Und als die Stewardess an ihm vorüberging, da gab ihm das einen ganz unerwarteten Kick, und er meinte eine starke Ähnlichkeit bei ihr zu entdecken; ja, sie sah fast genauso aus wie seine Liebste, die er gerade eben noch mit Leidenschaft in seinem Erinnerungsfilm geküsst hatte.

Und da flammte es jetzt in voller Klarheit in ihm auf, dieses glutheiße Verlangen, erneut Liebesfreuden des Lebens so spüren zu dürfen, dass er vor überlaufendem Glück zu den Sternen zu fliegen vermochte, im Feuer der Leidenschaft zu erglühen fähig wäre wie einst Romeo & Julia ... »Julia?!«

Blitzschnell schaltete es in seinem Kopf um zur greifbar realen, ganz irdischen Julia, dem »Traum« aus seinem momentanen Leben, und seine Gesichtszüge begannen sich langsam zu verspannen, würden einem in diesem Augenblick Vorübergehenden beim zufälligen Betrachten seines Gesichtes Trauer und Schmerz vermitteln.

Das Flugzeug hatte inzwischen die erforderliche Flughöhe erreicht, die Gurte durften aus der Halterung gelöst werden, und der inzwischen vollbeladene Servicewagen wurde von einer Stewardess ganz langsam in Richtung Gang zu den Passagieren in Bewegung gebracht. Die davor erfolgte anschauliche Demonstration über das rettende Verhalten in Notsituationen hatte er versäumt.

Während er in diesen Stunden des langen Fluges von den Vereinigten Staaten nach Hamburg in so manchen Momenten wehmütig an Julia dachte, gewahrte er in hohem Maße die ihm besonders glücklich erscheinenden Liebespaare, die er da und dort in der Maschine zu entdecken meinte, Paare, denen ihr Glück zwar nur ganz dezent in die Gesichtszüge geschrieben war, kaum merklich, aber für die Augen von Kilian durchaus erkennbar; er hatte dafür eine ihm ganz eigene Begabung, die ihm im Leben oft auch Missgunst eingebracht hatte, wenn er wieder einmal etwas sah, was die anderen um ihn herum nicht wahrnahmen.

Aber er hatte damit auch Erfolg – so war er auch ein Meister in dem Spiel »Ich seh' etwas, was du nicht siehst«, das sie als Schüler im Kloster des Öfteren spielten, in ihrer Freizeit, während eines Stadt-Bummels zum Beispiel, und sie, besonders in der Nähe junger, hübscher Frauen, dabei herzlich lachten, sodass die Leute sich mit verwunderten Blicken nach ihnen umdrehten; denn, was gab es bei den vorbeiflanierenden Schönen nicht alles zu entdecken, wenn man als junger Mann einen scharfen Blick hatte!

Kilian liebte die Frauen und er fand an jeder, die ihm in seinem Leben bisher begegnet war, immer etwas Interessantes, Einzigartiges; auch wenn das Geschöpf in seinem Blickfeld nicht unbedingt schön, attraktiv in der äußeren Erscheinung, ihm begegnete, so hatte er doch stets diese Weisheit im Hinterkopf lebendig, die da lautete: Alles, was du mit Liebe betrachtest, ist schön.

Selbst wenn Kilian sich damals unter seinen Mitschülern auf dem Weg zu seinem heiligen Amt nicht selten von aller Liebe verlassen fühlte, so hatte er auch Momente, wo er sehr intensiv mit der Welt da draußen verbunden war, durfte er sich doch an einem Briefpartner erfreuen, mit dem ihm einige Geheimnisse verbanden, über die er mit seinem Vater, gar seiner Mutter, niemals, selbst im Traume nicht, zu sprechen gewagt hätte, betraf der Inhalt dieser Zeilen doch auch die Liebe in all ihren Facetten, so eben auch im Geschlechtlichen. So waren die beiden jungen Männer bereits schon recht eng miteinander im Bunde: man nahm kein Blatt vor die Feder und teilte so seine innersten und intimsten Gedanken dem anderen mit. So wuchs im Laufe der Monate eine feste Freundschaft zwischen Kilian und seinem Briefpartner Lukas.

Einmal schrieb ihm Lukas von einem Abenteuer der ganz besonderen Art. Vorweg muss gesagt werden, dass Kilians Brieffreund keine theologische Berufslaufbahn eingeschlagen hatte, so wie er: Lukas hatte vor, Psychotherapeut zu werden. Er befand sich seinerzeit im vierten Semester der Psychologie an der Universität Wien. So berichtete Lukas also davon, dass er es vor wenigen Tagen gewagt hatte, einmal ein Freudenhaus zu besuchen. Lukas schrieb folgenden Zeilen an Kilian...

»Lieber Kili,
Du wirst mich vielleicht verdammen ob meines Tuns vor einigen Wochen. Du, stell dir vor, ich habe mir ein Mädchen für Geld genommen, ja, ich habe im Rotlichtviertel unserer Stadt ein Etablissement besucht; es ist nicht so, dass ich mich in diesem Metier etwa auskenne, nein, ganz und gar nicht! Aber ein Mitkommilitone hatte in Sachen käufliche Liebe schon erste Erfahrungen gemacht und er bestand darauf, mich einmal mitzunehmen. Da ich schon seit eini-

gen Monaten keine Freundin mehr hatte und ich doch hormonell etwas angespannt war, habe ich seinem Ansinnen nachgegeben. Ich selbst hatte jedoch reichlich Bedenken zwecks Hygiene, wollte nicht nur meine hormonelle Dissonanz rein funktional re-harmonisieren, sehnte mich auch nach Zärtlichkeit und einem Gespräch noch – vor! – dem Eigentlichen.

Doch es kam ganz anders, als von mir befürchtet: mein Rotlichtführer hatte da schon spezielle Kenntnisse, auch wusste er von meinem besonderen Begehren; umso mehr war ich dann aufs Äußerste überrascht, als wir in ein Appartement gelangten, das gleich beim Betreten in mir ganz spontan Assoziationen zu einer privaten Wohnung hervorrief, und nicht, wie doch ein wenig ambivalent von mir befürchtet, an die Atmosphäre eines Bordells.

Auch die Frau des Hauses, die Herrscherin über die dortigen Damen, schien vom ersten Eindruck her, weit entfernt von einer vulgären Bordellmutter zu sein, wie man diese sich gemeinhin vorstellt: meist klischeehaft übernommen aus irgendwelchen Filmen oder aus billigen Groschenheftchen und danach dann, unkritisch hinterfragt, im Kopf abgespeichert.

Mein Partner und ich wurden den leichten Damen auf recht lockere Weise vorgestellt und man kam danach mit ihnen ohne Umwege ins Gespräch. Es waren fünf junge hübsche Frauen im Alter von etwa neunzehn bis dreißig Jahren.

Ich muss zugeben, dass ich von solch einer »Auswahl« doch sehr überrascht war, ja sogar innerlich ins Wanken geriet, da jedes dieser Geschöpfe etwas an sich hatte, das Begehren, ja starkes Liebesverlangen, in mir weckte; so schwankte ich wieder einmal zwischen den Eigenschaften »Fröhliche Naivität«, »Stilles Geheimnis« und »Offenherzige Sinnlichkeit«.

Ich entschied mich dann für das »Stille Geheimnis« – und, mein lieber Kili, ich sage es offen – nur Dir: es war ein wundervolles Erlebnis. Und was das Schönste für mich war: Mein »Stilles Geheimnis« – sie heißt übrigens Sofia!, also, höre!: Sofia ist keine Professionelle, sondern sie ist Studentin und nur durch eine gewisse monetäre Not in dieses »Ambiente« geraten.

Du wirst es vielleicht kaum glauben, aber wir haben uns ineinander verliebt. Richtig verliebt bis über beide Ohren! Hatte ich anfangs noch große Bedenken wegen ihres ausschweifenden Tuns, so lernte ich sie inzwischen näher kennen: ein Mädel aus gutbürgerlichem Hause, Vater ist Architekt, Mutter Schauspielerin.

Ich durfte ihre Familie letzten Sonntag bei einem Besuch – sie wohnen auch in Wien – kennenlernen. Also, lieber Kili, das mit Sofia und mir scheint was Ernstes zu werden. Wenn Du die nächste Zeit mal wieder nach Wien kommen solltest – ist ja nicht so weit von Graz – dann sage ich Dir jetzt schon: Komm vorbei, wir machen uns dann zu dritt einen schönen Tag oder auch schönen Abend – so wie es Dir am besten passt.

So, jetzt mache ich langsam Schluss, muss noch einige Ausführungen über die Archetypen-Lehre von C.G. Jung durcharbeiten und mich für ein Referat kommende Woche gründlich vorbereiten ...

Herzlich,
Dein Lukas, der »Sündige«!

Die Lautsprecher im Flieger gaben bekannt, dass sie gerade über den großen Teich flogen, dass es starken Gegenwind gäbe und mit einer leichten Verspätung in Hamburg gerechnet werden müsse. Kilian nahm die Stimme des Piloten, die akustisch vernuschelt und verkratzt rüberkam, mit Gleichmut entgegen. Da er nicht direkt am

Fenster saß, musste er sich ein wenig aufrichten, um über den Kopf seines rechts direkt am Bullauge sitzenden Nachbarn hinwegzusehen; das gelang ihm gut und er konnte das endlose Blau des Meeres unter sich wahrnehmen: ein Anblick, der ihn immer wieder in Ehrfurcht versetzt wo er sich auch befindet.

Kilian war in seinen Erinnerungen bei Lukas, seinem Brieffreund aus Wien, stehengeblieben und er sinnierte jetzt über das Glück nach, welches Lukas widerfahren war und in seiner Phantasie begann er sich ein Bild von dieser Sofia zu malen, das er aber immer wieder »überarbeitete«, dieses Spiel aber bald darauf jedoch aufgab; umso mehr kam in ihm das Verlangen auf, diese »so liebe« Sofia bald persönlich kennenzulernen.

Dieses Verlangen war aber nicht ganz frei von gesegneter Unschuld in Kilians Priesterherz. So entspann sich in ihm ein Disput zwischen seinem körperlich-sinnlichen Teil und dem im Unterbewussten fest verankerten katholischen Theologen, dem die Freuden der körperlichen Liebe verwehrt waren.

Seine innere Auseinandersetzung führte ihn gar zur heiligen Maria Magdalena, die nach alten Überlieferungen in ihrem jungen Leben eine Prostituierte war, aber dann, nachdem sie Jesu in all seiner Größe erfahren durfte, zu seiner glühenden Apostelin wurde, die überall wohlwollend Zeugnis von ihrem Herrn ablegte. Kilian machte sich wieder einmal mit Ehrfurcht bewusst, dass Maria-Magdalena gar leibhaftig beim Tod Jesu am Kreuz anwesend war, während die Jünger, außer Johannes, das Weite suchten. Und der Film in seinem Kopf führt ihn weiter, weiter, bis an die Grablegung, und er sieht, wie Maria Magdalena bei dieser Handlung mit anwesend ist, und ihm kommt dabei in den Sinn, dass sie am frühen Morgen nach der Sabbatruhe zusammen mit anderen Frauen als eine der ersten das leere Grab entdeckt. Ja, so hatte er es im Juvenat gelernt, aus den heiligen Schriften gelesen – ja, mehr noch: Nach einer Engelerscheinung begegnet den Frauen auch der Auferstandene selbst. Und im Johannesevangelium geht Maria sogar alleine zum Grab, wo ihr Jesus erscheint.

Und auch das hatte er noch in Erinnerung: Nach alten gnostischen Texten aus dem zweiten und dritten Jahrhundert, soll sie sogar eine Art »Lieblingsjüngerin« von Jesus gewesen sein und von ihm gar besonderes geheimes Wissen erhalten haben.

Es war die aktuelle Durchsage, die ihn jetzt aus seinen biblischen Bildern riss und ihn etwas unsanft in die Jetzt-Zeit katapultierte. Die Ankündigung der kurz bevorstehenden Landung in Hamburg, die jetzt über die Bordlautsprecher erfolgte, brachte ihn mental in Bewegung und Kilian begann sich innerlich auf seinen weiteren Weg vorzubereiten und er fragte sich, was er wohl als Erstes auf deutschem Boden zu tun gedenke. Tun muss.

*

In aller Eile mietete er sich einen Wagen und kurz darauf fuhr er in einem roten Kombi durch Norddeutschland. Sein Ziel war Norderkoog. Und Julia.

Nach einer ihm ewig lang erscheinenden Reise hatte Kilian sein Ziel erreicht. Unterwegs fragte er sich so manches Mal im Stillen, ob vielleicht der schwarze Leichenwagen mit der Überführung von Julia auch gerade, gleichzeitig mit ihm!, auf den selben Straßen unterwegs sei wie er und dabei beschlich ihn ein seltsames, ja unheimliches, Gefühl. An einer Tankstelle fragte er nach einer Pension, einem Gasthof mit Fremdenzimmern. Er hatte vor, in diesem

Dorf, diesem verlassenen Nest, so lange zu bleiben, bis er seiner Geliebten die letzte Ehre erwiesen hatte.

Kilian fand eine gutbürgerliche Unterkunft. Von seinem Zimmer hatte er einen freien Blick auf die See. Dann machte er sich auf den Weg, um sich in einem Gemischtwarenladen eine Zeitung zu besorgen. Als er der alten Frau in dem Laden zu verstehen gab, dass er eine Zeitung wolle, in der vielleicht die Todesanzeigen jener Leute stünden, die hier in diesem Ort beigesetzt werden, erkundigte sie sich bei ihm, wonach er genau suche.

»Ja, die Julia!« rief sie laut, als Kilian den Namen genannt hatte. »Die Julia hab' ich schon als kleine Dirn gekannt, die hat bei mir eingekauft, Brot, Eier, Wurst, was man halt zum Leben braucht. Auch die Mutter habe ich gekannt, war eine bigotte Frau, müssen Sie wissen, ist früh verstorben. Auch den Vater hab' ich gekannt, der ist in Amerika mit dem Flugzeug abgestürzt, er war nämlich Pilot bei der Bundeswehr. ... Ja, ja, die Julia und ihr Vater, beide sind sie in Amerika umgekommen, wer hätte das damals gedacht. ... Die Julia, ja, das war eine Aufgeweckte, eine bildhübsche Dirn. Konnte es gar nicht glauben, was die Schwester mir da von ihrem furchtbaren Tod erzählt hat. Das ist ja entsetzlich.«

Dann wollte sie wissen, warum er denn gekommen sei. »Ach so«, sagte sie, »ein Freund sind Sie, ein Freund von Julia. Also die Zeitung müssen Sie nicht kaufen, ich kann Ihnen sagen, wann die Beerdigung ist. In drei Tagen soll sie sein, angeblich, bis dahin soll die Julia mit dem Flugzeug von Amerika überführt sein, so hatte es mir ihre Schwester gesagt. Entsetzlich, einfach unbegreiflich, so eine schöne Frau umzubringen. Sie soll irgendwo bei, na, wie heißt diese Gegend nur – in der Nähe zur Schweiz – da soll sie zuletzt gelebt haben. «

»Ach ja, und Sie haben sie gut gekannt? Schön, da wird ihre Schwester sich freuen, dass noch jemand zur Beerdigung kommt; es sind ja nur noch wenig übrig, wissen Sie, ich bin schon dreiundachtzig, und die Jungen damals, die sind alle hier weggezogen. Was sollten sie auch hier in diesem Nest?«

Bevor die alte Frau weiter in ihren Erinnerungen kramen konnte, bat Kilian sie um die Adresse von Julias Schwester. »Warten Sie, ich werd' sie Ihnen auf ein Stück Papier schreiben, ach was, kommen Sie mal mit vors Geschäft, ist ja ganz in der Nähe; sie gehen jetzt hier lang und dann ...«

Kilian bedankte sich bei der Alten, ging, wie sie es ihm gezeigt hatte, und erreichte nach wenigen Minuten den Strandläuferweg Sieben. Es war ein kleines, reetgedecktes Haus, der Garten sah verwildert aus, das Gatter stand halb offen. Kilian ging bis direkt vor die Haustür, an der ein schweres Messingstück zum Klopfen aufforderte.

*

»Watt denn?!« rief eine rauhe Frauenstimme aus dem Innern der Kate. Kilian drückte die schwere Holztüre einen Spalt breit nach Innen, so dass er bis tief in den Flur sehen konnte, dann rief er ein zaghaftes Hallo! in die Räume, eine Zimmertür öffnete sich, dahinter erblickte er eine Frau, ja ein stattliches Weib, kräftig, groß mit aschblonden, langen Haaren, die ihr zerzaust ins Gesicht hingen. Er empfand keinerlei Ähnlichkeit mit Julia.

»Wer sind Sie, was wollen Sie hier?«

»Ich, ich bin, ich suche die Schwester von Julia.«

»Das Miststück« – donnerte sie gleich los! – »hat es nicht anders verdient! Schon als Kind hat sie sich von den Männern untern Rock fassen lassen, aber, was sag' ich da, kommen Sie doch erst mal rein.«

»Mein Name ist Kilian Galeo, ich bin ein Freund von Julia und komme gerade aus Amerika, wo ich sie im Leichenschauhaus identifiziert habe. Ihre Leiche soll heute hier ankommen.«

»Ich weiß, Herr, Herr ..., wie war doch gleich Ihr Name?«

»Galeo, aber sagen Sie einfach Kilian zu mir.«

»Kilian!, wie sich das anhört!, wusste garnicht, dass es so was als Namen gibt, hat ja auch nicht gerade was von fangfrohem Fischkutter! (danach folgte ein hämisches Lachen). Sie müssen wissen, ich nehme schon lange kein' Tau mehr vor mein' Mund, das Leben in dieser windschiefen Deichfestung erlaubt keine Höflichkeiten. Hier geht es um den nackten Fisch, wenn Sie verstehen, was ich meine; jeder kennt hier jeden, da gibt es auch Sonntags keine Butter bei die Fische; jou, lass mann gut sein, der Pfarrer hat es mir gesagt, der macht das alles mit Amerika und der Überführung. Habe auch noch in aller Eile ein Grab für sie besorgt, die Grube ist schon ausgehoben – einen ganzen Kasten Bier hat mich das gekostet. Und das bei meinen paar Kröten, die ich in der Schublade habe. Was tut man nicht alles für eine Schwester, auch wenn sie ein Miststück war.

Die Totengräber haben zu mir gesagt: Einen Kasten Bier, Wiebke, sonst läuft da gar nichts! Und da hab ich einen Kasten kommen lassen. Die Alte vom Laden drüben hat das erledigt. Da, sehen Sie, da stehen überall noch die leeren Flaschen rum; vor ein paar Stunden haben sie ihren torkelnden Abgang gemacht, diese Saufbolde, bin froh, dass sie mir außer Dreck sonst nichts weiter in die Kate gebracht haben. –

Ja, ja, die Julia, die hat mir immer nur Unglück gebracht, schon als Kind. Ich war immer nur die Drecksdirn bei Vater, sie aber war die HEILIGE! Das muss man sich mal vorstellen, eine Hure die Heilige! Drei Kreuze hab' ich gemacht, als Vater gestorben ist, damals in Amerika, drei Kreuze, als Dank an den Herrgott, dass er es Vater nicht mehr hat erfahren lassen, was aus Julia geworden war. Und Sie, warum sind Sie überhaupt in dieses gottverlassene Nest gekommen?«

»Ich werde bei Julias Beerdigung dabei sein.«

»Und dafür haben Sie so einen weiten Weg gemacht? Sagten Sie nicht, dass Sie bis von Amerika kommen? Warum von Amerika?«

»Weil ich dort beim Gericht war, weil ich Julia dort identifiziert habe und jetzt ihre Beisetzung nicht versäumen möchte. Außerdem wäre es ein Umweg gewesen, erst nach Hause zu meiner Familie zu fahren und gleich darauf von dort wieder in den weit entfernten Norden, bis hierher.«

Wiebke Nikischa hatte sich jetzt aus einer Bottel etwas Undefinierbares in ein schmieriges Glas gegossen. Kilian sah, dass es irgendein billiger Fusel war, den sie jetzt in sich hineinschüttete.

»Also, das ist mir alles zu kompliziert, was Sie da so erzählen. Jedenfalls, der Pfarrer hat gesagt, pass auf Wiebke, kriegst gleich Bescheid von mir, wenn die Julia ...«

An der Tür hatte es laut geklopft. Wiebke hatte innegehalten und war holprigen Schrittes aus dem Raum hinausgegangen.

Kilian durchdrang mit Röntgenaugen ihr Gebaren. Ein seltsames Weib, dachte er sich; er schätzte sie auf Mitte dreißig. Julia, die arme Julia!, sie war neunundzwanzig Jahre alt geworden.

Schnell hatte Kilian erkannt, dass es sich bei dem Besucher um den Dorfgeistlichen handelte. Der Pfarrer knurrte dem Fremden, nachdem er diesen erblickt hatte, mit verkratzter Stimme ein frisches Moin, Moin entgegen und fügte gleich hinzu: »Oder sagt man bei Ihnen zu Hause im Süden zu Unsereins nicht etwa ›Grüß Gott‹?! Jou, denn man tau, lassen Sie man gut sein«, bremste ihn Hochwürden, bevor Kilian antworten konnte; »wie ich soeben von Wiebke ... ähh, Frau Nikischa, hörte, sind Sie ein Freund der Verstorbenen?«

»Verstorbenen!?«, keifte Wiebke, »der Ermordeten!, geschah es ihr doch recht so, dieser Hure!«

»Jou, mach man halblang!«, stoppte sie der Pfarrer, »das hat Julia nicht verdient, dass du so von ihr sprichst.«

»Nicht verdient?! Das müssen gerade SIE sagen, wo Sie es doch waren, der sie auf diesen Teufelsweg gebracht hat, damals, als sie noch ein Kind war und Sie ihr in der Sakristei ...«

»Halt dein Maul!!, du verdammte Dirn!« verlor der Geistliche seine Fassung. »Du weißt ja nicht wovon du redest!«

»Ich soll nicht wissen, wovon ich rede ...«

»... könnten Sie mir«, schnitt Kilian der Geifernden das Wort ab, indem er sich jetzt an den Pfarrer wandte, »könnten Sie mir vielleicht etwas Schwarzes zum Anziehen besorgen, ich habe nämlich nichts dabei für die Beerdigung, komme gerade aus Florida.«

»Da lässt sich bestimmt was finden, am besten, Sie kommen gleich mit.«

*

Kilian hatte die Gastfreundschaft des Dorfgeistlichen gern angenommen, hatte bei ihm die Nacht verbracht, nachdem sie am Abend davor noch die Schränke nach etwas Schwarzem abgesucht hatten. Sie fanden einen alten, schwarzen Anzug, der Kilian jedoch eine Nummer zu klein war. Es war ein Stück aus der Jugendzeit des Pfarrers.

Kilian machte den Vorschlag, einen schwarzen Talar anzuprobieren, und da dieser nicht zu weit ausfiel, bestand er darauf, diesen für die Trauerfeier anzuziehen.

Als der Geistliche sah, wie gut Kilian der Talar stand, und Kilian ihm noch dazu von seinem ursprünglich geplanten Priesterweg erzählte, den man ihm auf so schmähliche Weise verwehrt hatte, stimmte der Pfarrer wohlwollend zu, gestattete Kilian, bei der morgigen Beerdigung den Talar zu tragen. Letztlich fand man auch noch einen passenden schwarzen Hut. (Eine schwarze Hose und ein schwarzes Hemd des Pfarrers hatten Kilian einigermaßen gepasst; schwarze Schuhe hatte er mit.)

*

Die Dorfkirche und der dazugehörige Friedhof lagen auf einer leichten Anhöhe nahe dem Pfarrhaus. Es war ein grauer Tag, über dem schwere Wolken hingen, die vom Meer her kamen. Hin und wieder frischte der Wind kräftig auf; zeitweise waren die Böen so stark, dass der Pfarrer und auch Kilian ihre Hüte festhalten mussten. Später kam noch ein leichter Nieselregen hinzu, der das armselige Bild einer kümmerlichen Trauergemeinde in ein groteskes Stillleben verwandelte.

In dem Kirchlein hatten jetzt die wenigen Anwesenden Platz genommen. Da war die Alte aus dem Gemischtwarenladen, die Schwester der Toten, Wiebke, sowie der alte Dorfschullehrer von Julia. Kilian, nach dem die Alte und der greise Lehrer hin und wieder verstohlen ihre Köpfe verdrehten, hatte hinter den beiden in der zweiten Reihe Platz genommen. Wiebke, die als letzte erschienen war, hatte sich neben Kilian gesetzt, nicht direkt neben ihn, sondern sie hatte dazwischen einen Stuhl frei gelassen.

Die vier Totengräber, deren Aufgabe es war, nach der Trauerfeier den Sarg zur ausgehobenen Grube zu verbringen, saßen oben auf dem Podest in der Nähe des Sarges, dort, wo auch das Rednerpult stand, von dem aus der Dorfgeistliche in wenigen Minuten seine Worte an die Trauergäste zu richten gedachte. Einer der Totengräber hielt eine Trompete in der Hand.

Der Pfarrer näherte sich dem Pult, dabei zog er ein Stück Papier aus der Brusttasche, das er jetzt bedächtig zu entfalten begann. Just in diesen Sekunden vernahm man – die Andacht störend – eine Frauenstimme Mein Gott, der Kranz! rufen. Es war die Alte aus dem Gemischtwarenladen. Sie erhob sich schwerfällig, einen großen Kranz mit zwei Schleifen in beiden Händen umklammernd, stieg – so schnell sie konnte – auf das Podest, eilte fast stolpernd zum schwarzen Sarg, legte vor diesem mit einem lauten Ausschnaufer den Kranz nieder und wollte auf dem Absatz kehrtmachen. Dabei aber verlor sie ihr Gleichgewicht und fiel der Länge nach vor die Totengräber hin. Sie rappelte sich jedoch schmerzhaft stöhnend wieder auf, lief auf ihren dicken Wasserbeinen zurück zu ihrem Platz und ließ sich erschöpft darauf nieder.

Dieses Geschehen hatte den Pfarrer so sehr irritiert, dass ihm das Blatt Papier hinuntergefallen war, aber nicht direkt vor seine Füße, sondern es war ein Stück weit gesegelt und dem greisen Dorfschullehrer in den Schoß geflogen.

Dieser hatte es sofort ergriffen und gleich darauf mit einer untertänigen Geste dem Geistlichen überreicht. In diesem Moment der Zettelrückgabe war ein lauter Rülpser durch die Totenhalle gedonnert, der aus der Reihe der Totengräber seinen Lauf nahm.

Der Dorfgeistliche räusperte sich verlegen und irgendwie auch vorwurfsvoll, warf eine strenges, strafendes Auge hinüber zu den Totenschauflern, danach streifte er mit einem versöhnlichen Blick die paar Gestalten seiner kleinen Gemeinde, die er da vor sich hatte, sah wieder auf das Blatt und begann mit seiner Traueransprache.

Von der glücklichen Kindheit war die Rede, von der Unschuld der kindlichen Seele, von der Erbsünde, den seltsamen Wegen des Lebens, die wir Menschen nicht zu ergründen vermögen, von dem willigen Geist und dem schwachen Fleisch, nicht aber davon, dass er, der Geistliche, Julia als erster Mensch (oder sollte man zynisch sagen: als erster Mann?) schon als Kind in die Liebe Gottes (und leider auch in die Sünde des Fleisches!) eingeweiht, sie väterlich zur ersten heiligen Kommunion begleitet, ihr dieses göttliche Sakrament mittels der Hostie als erster auf die zitternde Zunge gelegt hatte.

Er beendete seine Rede mit dem Satz: »Unsere liebe Julia war ein verlorenes Kind, eine verlorene Seele, die der liebe Gott nun wieder in seine mächtigen und gütigen Arme geschlossen hat. Amen.« Nach dem Amen erhoben sich die vier Totenmänner behäbig, wandten sich in lustloser Gebärde dem Sarg zu, wobei aber nicht alle vier die Kiste anhoben, sondern nur drei von ihnen. Der vierte, der mit der Trompete, postierte sich vor dem Sarg. Dann vernahm man ein lautes, militärisches »Hebt an!«, und die drei Träger, zwei links vom Sarg, der eine rechts – er war besonders kräftig, ein Hüne von einem Mann – hoben den Sarg auf die Trageposition, und schon wieder erschütterte ein lauter, militärischer »Marsch«-Befehl das Dorfkirchlein, woraufhin der abseits stehende Totengräber kräftig in die Trompete blies, ein Stück zu spielen begann, während sich der kleine Trauerzug in Bewegung setzte, und hinter der Toten herlaufend, die Kirche verließ. Gleich hinter dem Sarg schritt der Pfarrer, ihm folgte die Alte vom Gemischtwarenladen, dann der Dorfschullehrer, hinter diesem wiederum ging Kilian, und als letzte folgte die Schwester der Verstorbenen.

Der Trompeter spielte ein ranziges, sentimentales Stück, die jaulende Melodie eines alten Schlagers aus den sechziger Jahren, dessen Titel Kilian jedoch nicht zu identifizieren vermochte. Die drei Sargträger taten sich sichtlich schwer mit dem Gewicht, man merkte, dass ihnen der vierte Mann fehlte, aber wer sollte sonst die Musik machen, die nun mal zu einer feierlichen Beerdigung gehört, und feierlich, standesgemäß musste sie sein, da waren sich alle einig, das gehörte eben zu einer katholischen Beerdigung. Jedoch: zahlenmäßig mehr Männer waren für den Heimgang einer »Nutte« (Julias Lebenswandel hatte sich im Dorf wie ein Lauffeuer herumgesprochen) nicht aufzutreiben gewesen, selbst auf das gute Zureden des Geistlichen nicht.

Plötzlich geschah das von den Begleitenden insgeheim schon befürchtete, das von Kilian erahnte, von Wiebke erwünschte: einer der Sargträger erlitt einen Schwächeanfall, mitten in der heiligen Prozession, mitten im schönen Spiel der Trompete. Der Sarg donnerte krachend zu Boden, der Deckel knallte auf, die Tote fiel ein

Stück weit aus dem Sarg heraus zu Boden. Kopf und Oberkörper bedeckten nun die nasse, lehmige Erde. Was ein schauerliches Bild!

Die Alte vom Gemischtwarenladen konnte gerade noch ein herzzereissendes »Jesus Maria« zum Himmel flehen, bevor sie in Ohnmacht fiel. Der Pfarrer unterbrach schockartig das Schwenken des Weihrauchkelchs, ließ diesen vor Schreck gar fallen, so dass das heilige Gefäß direkt neben dem Kopf der Leiche zum Liegen – und zum »Rauchen« kam.

Der Dorfschullehrer stürzte mit zitternden Knien herbei. Auch Kilian war das Furchtbare in die Knochen gefahren, und alle, auch die vier Leichenträger (nur die Schwester der Toten nicht), beugten sich jetzt über Julia, die in ihrem weißen Totengewand so schön aussah wie das schlafende Schneewittchen. Alle wollten sie jetzt gleichzeitig mit anpacken, zitternde Hände streckten sich nach dem gefallenen Körper von Julia.

Wiebke war abseits stehengeblieben und warf ihrer toten Schwester verwerfliche, schändliche Blicke zu, es war sogar eine gewisse Schadenfreude in ihrem Gesicht auszumachen, was die anderen jedoch nicht bemerkten.

Man zerrte und hob an der Leiche, bekam sie mit Mühe wieder in den Sarg zurück. Kilian hatte ganz nahe gestanden, hatte Julia einige Sekunden voll ins Gesicht blicken können, und er war erstaunt, wie friedlich, schön und unversehrt seine Geliebte aussah, so, als würde sie schlafen.

Dieser Anblick, dieses Bild voller Leben, hatte ihm weitaus mehr zugesetzt als das eigentliche Fallen des Sarges, denn niemals hätte er sich in seiner Phantasie vorzustellen vermocht, dass eine Leiche die Schönheit des Lebens für so lange Zeit nach dem Tod beibehielt.

Für ihn war das ein Wunder, ein göttlicher Fingerzeig, und auch der Pfarrer sowie all die anderen wirkten zutiefst betroffen.

Nun war der Sarg wieder geschlossen – der Friedhof kurz darauf erreicht. Die Zeremonie nahm ihren weiteren Lauf: die Tote wurde jetzt von allen vier Totengräbern mit acht Händen an Seilen hinabgelassen in die finstere, schwarze Grube. Dann nahm jeder einzeln Abschied von der Geschändeten, streute mit der bereitliegenden Schaufel ein wenig Erde auf den Sarg, schwere, nasse Erde, die beim Aufschlag ein Geräusch von sich gab, das jedem der Anwesenden die Nähe des Todes in die Knochen trieb.

Als letzter trat der Pfarrer an das Grab, sprach lateinische Worte und segnete, mit einer Hand den Weihrauchkessel schwenkend, mit der anderen Weihwasser auf den Sarg sprenkelnd, die Tote und die Grabstätte. Dann schritt der Geistliche voran und die anderen trotteten stumm und gebeugt hinter ihm her.

Auch die Sargträger verblieben nicht am Grab, um dieses vollständig zuzuschaufeln, sondern folgten dem Trauerzug, gingen zur anschließenden Leich', dem »Totenfest« die in dem einzigen, schon ziemlich heruntergekommenen, Gasthof des Dorfes stattfinden sollte.

*

Während der Leich gab es im Lokal noch einige unschöne Szenen. So kam es beispielsweise zu einem Streit zwischen dem Pfarrer und den Grabschauflern, da diese nicht imstande gewesen waren, den Sarg ordentlich zu tragen, ja diesen sogar hatten zu Boden fallen lassen. Und da die Sargträger zu diesem Zeitpunkt dem Alkohol bereits schon reichlich zugesprochen hatten, begnügten sie sich – in ihrer Berufsehre gekränkt – nicht nur mit einer verbalen Verteidigung, sondern wurden sogar handgreiflich. Der Stärkste von ihnen schlug dem Geistlichen die geballte Faust ins Gesicht.

Hochwürden streckte daraufhin alle Viere von sich, was die Alte aus dem Gemischtwarenladen erneut zu dem Aufschrei Jesus Maria! veranlasste. Dieser Himmelsschrei war so laut und durchdringend, dass die Männer mit einem Mal innehielten in ihrem Zorn. Irgend jemand schaffte einen Eimer mit kaltem Wasser herbei und schüttete das kalte Nass dem Gedemütigten aufs Haupt, so dass dieser gleich darauf wieder zu sich kam.

Kilian half dem Pfarrer auf die Beine und gab ihm zu verstehen, dass es wohl besser sei, diese schändliche Leich sogleich zu verlassen und nach Hause zu gehen.

Der Pfarrer stimmte zu, und Kilian begleitete ihn ins nahegelegene Pfarrhaus. Die beiden Alten, die Frau vom Kolonialwarenladen und der Dorfschulmeister hatten sich gemeinsam mit ihnen auf den Heimweg gemacht. Nur die »Totenschaufler« verblieben noch im Gasthof, in heftige Gesten und lautstarke Worte vertieft. Wiebke war schon frühzeitig in ihre Kate gegangen, war bei der Leich' nicht mit dabei.

Der Pfarrer war Kilian zutiefst dankbar und bot ihm an, eine weitere Nacht bei ihm zu bleiben. Es sei bereits dunkel, meinte er, außerdem habe Kilian ja auch ein wenig getrunken, so dass es besser wäre, nicht mehr mit dem Auto zu fahren. Kilian willigte gern ein und blieb.

*

Die Traumbilder, die Kilian dort in jener Nacht im Hause des Dorfgeistlichen heimsuchten, verwunderten ihn nicht, war doch viel Schreckliches am Tage zuvor geschehen, und all dies hatte in der Seele viel Unordnung hinterlassen, und so suchte diese in der Nacht nach Ordnung, nach Reharmonisierung gewissermaßen.

Das erste Traumbild, das wie ein Bühnenbild hinter seiner Netzhaut aufleuchtete, war das Grab von Julia. Es war kein gewöhnliches Grab, sondern der Sarg war bei genauem Hinsehen ein leuchtender Sarkophag, welcher nicht auf bloßer nackter Erde lag, sondern in einen goldenen Schrein gebettet war. Und um den Schrein herum lagen wundersame Grabbeigaben wie aus Tausend und einer Nacht. Ein Anblick, den Kilian im Traum glücklich machte.

Das zweite Traumbild war noch seltsamer: Der Pfarrer schwebte hinab zum Sarg von Julia, öffnete diesen und legte sich zu der Toten ins »Bett«; dessen nicht genug, begann er sie zu entkleiden; in dem Moment donnerte von oben ein gewaltiger Haufen Erde auf die beiden hernieder, sodass dieses unheimliche Paar davon schlagartig begraben wurde.

Das dritte Traumbild zeigte Wiebke, die auf der Bühne des Geschehens erschien, dieses widerliche Weib, und ihr hingen die aschblonden Haare klebrig und strähnig ins hassverzerrte Gesicht. Kilian erkannte, wie sie sich über den Sarg hermachte, der noch nicht hinabgelassen war, der noch oben neben dem ausgehobenen Erdhaufen stand, und er war gezwungen mitansehen zu müssen, wie sie den Deckel in einem Wutanfall wegschlug, musste rasenden Herzschlags miterleben wie sie mit rachlüsternen Augen auf die tote Schwester starrte und diese mit Worten, die der Hölle entstammten, bespuckte. Auch jetzt wieder wollte Kilian zu Hilfe eilen, wollte Wiebke in ihrer Raserei Einhalt gebieten. Er vermochte sich jedoch nicht zu bewegen, war wie gelähmt.

Im vierten Traumbild jedoch wurde Kilian selbst aktiv, er sah sich selber zu; er wusste: der dort, das bin ich; er stand gewissermaßen neben sich selbst und dabei entdeckte er, dass er Flügel besaß, Flügel wie ein Engel, und er sah den Engel in das Grab hineinfliegen, sah ihn gleich darauf wieder emporsteigen, nicht allein, nein, der Engel hielt Julia in seinen Armen, und sie war vom Ansehen lebendiger als je zuvor.

Kilian war in Bann geschlagen.

Engel und Julia, sie flogen jetzt hinauf ins Himmelgrau und Kilian folgte ihnen mit kinderstaunenden Blicken, sah, wie sich das Grau mehr und mehr verflüchtigte; und da ward er geblendet von einem riesigen, gleißend hell strahlenden Kristall wobei er erkannte, dass es ein Altar war, ein gläserner Altar. Der Engel flog auf diesen Altar zu, flog in diesen diamantenen Riesenkristall hinein und bettete Julia, gleich einer Heiligen, in diesen göttlichen Sarkophag; und Kilian spürte, dass seine Geliebte zu einem höheren, zu einem überirdischen Sein auserkoren war.

Als er nach diesen letzten Geschehnissen seines Traumes erwachte, sah er im Schein der von ihm soeben angeknipsten Nachttischlampe um sich, und sein Blick fiel (war es Zufall oder Fügung?) auf die am Nachttisch liegenden Autoschlüssel des Mietwagens. Sein Blick ruhte ungewöhnlich lange auf diesem Schlüsselbund, und Kilian wunderte sich selbst, warum er so lange darauf starrte, ja starren musste. Doch gerade bei diesem Anblick durchfuhr es ihn wie ein Blitz. Noch in dieser Nacht fasste er einen teuflischen (oder sollen wir sagen: einen göttlichen?) Plan.

*

Kilian sah auf die Uhr, es war halb vier. Schlaftrunken erhob er sich von seinem Nachtlager. Bemüht, in all seinen Bewegungen leise zu sein, klaubte er seine Siebensachen zusammen, die in dem Zimmer verstreut umher lagen. Er verzichtete darauf, ins Badezimmer zu gehen, weil er befürchtete, dass das Geräusch des fließenden Wassers in den alten Leitungen Geräusche verursachen, den Pfarrer vielleicht aus seinem Schlaf reißen, ihn womöglich zu einem Nachschauen bewegen könnte.

Kilian hatte sich vorgenommen, auf leisen Sohlen zu verschwinden, so wie der Tod, der des Nachts daherzukommen pflegt wie ein Dieb, wollte er heimlich, unbemerkt, das Haus verlassen, um seinem Plan, den er als einen göttlichen Auftrag empfand, die hehre Tat folgen zu lassen.

Nachdem er sich angekleidet und seine restlichen Sachen in der Reisetasche verstaut hatte, begab er sich zu dem alten Eichentisch, der in dem Zimmer stand, suchte nach einem Stück Papier, das er zwischen alten, verstaubten und längst aus der Mode gekommenen Schreibutensilien fand, und schrieb einige wenige Zeilen des Abschieds und des Dankes (es waren mehr förmliche als herzliche Worte) an den Geistlichen, der ihn gastfreundlich aufgenommen und bewirtet hatte. Darin bat er ihn, doch ab und zu einmal nach dem Grab von Julia zu sehen, da er ja wüsste, dass man dies von der Schwester nicht erwarten könne. Dieses Schreiben beschloss er mit der Floskel der untertänigsten Hochachtung.

Sachte ließ er die Tür ins Schloss fallen. Dann schritt er zu dem roten Kombiwagen, mit den im hinteren Ladeteil dunkel getönten Scheiben (er hatte dies beim Anmieten in Hamburg nicht extra gewünscht, es war reiner Zufall, dass er den Wagen in dieser Ausführung erhalten hatte). Der Wagen stand im Hof des Pfarrhauses. Kilian öffnete die Hecktür und stellte die Reisetasche hinein. Dabei fiel ihm auf, dass die Ladefläche nicht völlig leer war, es lagen Dekken darin, die er kurz entfaltete und näher mit Wohlwollen betrachtete. Danach warf er sie wieder hinein, schloss die Hecktür und setzte sich ans Steuer. Der rote Kombi, dessen scheppernde Startgeräusche er leider nicht dämpfen konnte, fuhr los, fuhr in Richtung Friedhof.

Es war eine sternklare Nacht, und der Schein des Vollmondes verlieh der bis an den Horizont sich ausbreitenden, ebenen Landschaft ein gespenstisches Aussehen.

Kilian hielt mit dem Wagen direkt vor der Friedhofstür. Nachdem er den Motor abgestellt hatte, sah er sich vom Wageninnern aus um, konnte aber keine Menschenseele entdecken. Er stieg aus, öffnete die Hecktür, entnahm eine der im Wagen liegenden Decken und begab sich zum Grab, das er erst vor wenigen Stunden in der Gemeinschaft der anderen verlassen hatte. (Das Friedhofstor war nicht verschlossen).

Kilian sah sich mit einem bangen Gefühl ausgiebig um, hängte die Decke sorgfältig über einen der angrenzenden Grabsteine, damit diese gleich zur Hand wäre, wenn er sie später bräuchte. Dann suchte er nach der Schaufel, mit der gestern die Trauergäste den symbolischen Erdwurf auf den Sarg ausgeführt hatten. Sie lag noch da, (Die Totenschaufler nahmen ihren Dienst sehr gelassen!) Kilian warf die Schaufel hinunter in die Grube neben den Sarg und ließ sich danach bäuchlings am Erdrand nach unten rutschend in das Grab hinab und begann nach festem Stand damit, die wenige Erde auf dem Sarg zur Seite zu schaufeln.

Anschließend legte er eine kurze Pause ein und betete ein Vaterunser – in sich versunken und mit Inbrunst. Als er das Gebet beendet hatte, begann er langsam damit, den Sarg zu öffnen; dabei verwen-

dete er Werkzeug, das er aus dem Kombi mitgenommen, davor ins Grab hinabgeworfen hatte. Es war dies keine schwere Arbeit für ihn, da der Sargdeckel nur leicht verschlossen war.
Seine Blicke fielen jetzt mit Bangen im Herzen und einem seltsamen Flackern in seinen Augen, auf die gebettete Leiche von Julia. Kilian musste sich erst einige Sekunden an diesen Anblick gewöhnen, seine Nerven waren aufs Äußerste angespannt. Plötzlich aber kam ihm zu Bewusstsein, dass er keine eingefallene, am Verwesen befindliche Leiche vor sich hatte, sondern eine den Gesetzen der Natur offenbar nicht unterworfenes menschliches Wesen, eine Heilige eben, die von dem Allerhöchsten zum Verbleib in einer ganz anderen, einer sakralen Ruhestätte mit ewigem Licht auserkoren war: so waren seine Gedanken, von denen er zutiefst überzeugt war.

Nachdem er zweimal tief Luft geholt hatte, bückte er sich, bemüht, mit aller Kraft, die Tote zu umfassen, zog sie zu sich auf, so, wie man einen Menschen bei einer Rettungsaktion mit starken Armen zur Bergung aufnimmt.

Doch nun stand er vor einem Problem: Wie sollte er es anstellen, die Leiche nach oben, heraus aus dem Schacht zu bringen? Julias toter Körper war nicht gerade leicht und das Grabloch tief.

Er stand grübelnd da, während die Tote zur Hälfte über seiner rechten Schulter hing. Ihm fiel nicht gleich eine Lösung ein. Resigniert legte er Julia (für ihn war es s e i n e Julia!) wieder zurück, quasi in eine Warteposition; doch just in diesem Moment, jenem Bruchteil einer Sekunde, leuchtete hinter seiner Stirn etwas auf, und er sah sich zurückversetzt in das klösterliche Internat, in die Zeit seiner Ausbildung zum Priester, sah sich inmitten seiner Juvenatskameraden; es war gerade Pause, und er erlebte sich in dem dem Kloster nahegelegenen Nussgraben mit den andern beim Spiel, nicht irgendeinem Spiel, nein, es war ein ernstes Ritual, ein Erste-Hilfe-

Training, das sie immer mit voller Hingabe ausführten: es war die gezielte, schnelle und sichere Handhabung, welche die Bergung von Verletzten aus einem Unfallgeschehen zum Inhalt hatte.
Jetzt wusste er, wie er die Tote aus dem engen Schacht herausbekommen würde. Kilian begann sich langsam, mittels eines liegengebliebenen Strickes, nach oben aus der Grube zu arbeiten, eines Seiles, das er zuvor an einem nebenstehenden Baum festgebunden hatte. Danach richtete er sich, jetzt mit festem Boden unter den Füßen, auf, ging einige Schritte – genau zu der Stelle, wo er bereits schon das erste Seil entnommen hatte, legte also den soeben verwendeten Strick zu dem Seilhaufen zurück, und suchte nach einem neuen, einem längeren, kletterte wieder hinunter ins Grab, wobei er zuvor das eine Ende des langen Seiles ebenso um diesen Baum direkt neben dem Grab zur Fixierung verknotet hatte; unten, nach sicherem Stand, hob er die Tote auf, umfasste sie mit festem Griff unter den Achseln, schlang das Seil über ihren Brustkorb wo er es in der Mitte für einen sicheren Halt verknotete und lehnte danach Julia's Körper rutschfest an die nackte Erdwand; anschließend zog er sich, jetzt mit dem nach oben verlaufenden Seilstück, das an den Baumstamm gebunden war, aus der Grube. Dies alles erforderte in der Tat eine nahezu akrobatische Leistung von Kilian; da er aber durch sein regelmäßiges Sport-Training physisch inzwischen recht belastbar war, konnte er diese ungewöhnliche Bergungsaktion überhaupt in Angriff nehmen.

Das schwierigste Stück seiner (für ihn!) heiligen Mission hatte er vollbracht. Kilian gönnte sich eine Pause und stellte zufrieden fest, dass eigentlich alles gut gelaufen war. Mit einem Blick nach unten versicherte er sich, dass der Körper von Julia noch an die Erdwand lehnte, obzwar dieser inzwischen schon etwas weiter, tiefer in sich zusammengesackt war. Jetzt machte er sich an die Aufgabe der eigentlichen Bergung, in dem er die Leiche Zentimeter für Zentimeter nach oben zog, was ihm leichter schien, als er ursprünglich befürchtet hatte.

Nachdem er die Tote, in beide Decken eingehüllt, in den roten Kombi gelegt und mit mehreren Gurten gesichert hatte, kehrte er zum Grab zurück, legte den Deckel auf, ohne ihn festzunageln. Er gestaltete dies eigentlich nur für den trüben Blick der (versoffenen) Grubenschaufler – gerade soweit ausreichend, dass dieser Tatort bei normaler, oberflächlicher Betrachtung keinen Verdacht auf irgendeine unzulässig vorgenommene Veränderung hätte aufkommen lassen. Ganz zum Schluss schaufelte er die wenige Erde, die er zuvor entfernt hatte, wieder auf den Sarg und legte alles ordnungsgemäß zurück. Danach reinigte er notdürftig seine Kleidung, sah noch einmal in stiller, andachtsvoller Haltung hinunter in das Grab, wobei ein sanftes, zufriedenes Lächeln seinen Mund umspielte.

*

Zu Hause, im Salon Kilian, fehlte die Hand des Chefs an allen Ecken und Enden. Vera, die vor lauter Stress kaum noch zur Besinnung kam, machte Überstunden, und wenn die Chefin Überstunden machte, musste auch das Personal Überstunden machen. Konkret bedeutete dies: die Mittagspause wurde gestrichen. Das Einzige, was Vera sich selbst und dem Personal in diesen schweren Tagen der Abwesenheit von Kilian zugestand, war, dass man sich bei besonders großem Hunger für wenige Minuten in die Küche zurückziehen durfte, um dort in aller Eile sein Brötchen oder seine Brezel zu verspeisen. Vera war es nicht möglich gewesen, so kurzfristig eine Aushilfe zu bekommen, weshalb ihr nichts anderes übrig blieb. Während sie ganz mit der Organisation beschäftigt war, schielte sie auffallend oft hinüber zum Telefon. Sie schien permanent auf einen Anruf zu warten, nicht auf einen der üblichen Terminanrufe, sondern auf einen ganz bestimmten, auf einen Anruf von

Kilian; ein Telefonat aus Hamburg oder aus diesem gottverlassenen Dorf, in das er hatte fahren wollen, um an der Beerdigung von Julia teilzunehmen.
Kilian rief jedoch (noch) nicht an, und die vergebliche, ihr endlos erscheinende Warterei, ließ Vera noch nervöser, noch kribbeliger werden, zumal sie ohnehin seit längerer Zeit spürte, dass Kilian im Begriff war, sich seelisch mehr und mehr von ihr zu entfernen. Sie hatte viel darüber nachgedacht und konnte sich des Gefühls nicht erwehren, dass ihr geliebter Ehemann im Begriff war, seine anfangs eingebrachte »Rolle« innerhalb ihrer Ehe aufzukündigen. Vera spürte wie sehr seine jugendliche, sensible, ja fast kindliche Art, sein (von ihr so sehr genossenes) »Aufschauen zu ihr« als seiner Königin, Tag für Tag mehr zu verblassen schien, dass er sich in eine ganz andere Richtung, eine, die ihr fremd war, weiterzuentwickeln begann. Er war nicht mehr der nette, liebe Junge, den sie geheiratet hatte. Kilian ließ sich nicht mehr von ihr durchs Leben führen, er hatte sein Leben jetzt selbst in die Hand genommen, ging seine ganz eigenen Wege, und noch dazu ohne jegliche Rücksicht auf sie, seine Frau.

Das mit Julia hatte Vera eigentlich kaum schlaflose Nächte bereitet, denn sie sagte sich, dass diese Affäre nun sowieso zu Ende sein würde. Um so mehr aber war sie aus ihrem Gleichgewicht geraten, als Kilian nach dem Tod seiner geliebten Julia ohne Wenn und Aber nach Florida geflogen und dann dem Leichnam von dort aus auch noch bis ins weit entfernte Norddeutschland gefolgt war. Das hatte sie in arge seelische Not gebracht. Nein, dieser Mann war nicht mehr ihr Kilian, und Vera beschlich eine seltsame, bange Ahnung, die ihr allmählich zur Gewissheit wurde: Sie war ihm als Frau nicht mehr so wertvoll wie bisher; er hatte sich dafür entschieden, nur noch für Julia, für eine Tote, zu leben.

*

Kilian befand sich auf der Autobahn, nur noch wenige Fahrstunden von zu Hause entfernt. Er war zügig durchgekommen um diese Zeit, der Verkehr war so minimal, dass er sich sogar freute, wenn ihn manchmal ein Auto überholte oder ihm eines entgegenkam. Zweimal hatte er eine kleine Pause eingelegt, war auf einen Rastplatz gefahren und hatte sogar ein wenig geschlafen.

Inzwischen war es Tag geworden, der Verkehr hatte zugenommen, die Leute fuhren zur Arbeit. Dies zu sehen, freute ihn nicht, wusste er doch, dass er seinen Plan am besten bei voller Dunkelheit gut zu Ende bringen konnte, und er dachte darüber nach, wo er sich bis zum kommenden Abend, bis zum Einbruch der Nacht, würde aufhalten können. Wie gut, dass er einen Wagen mit dunkel getönten Scheiben fuhr, durch die man keinen Einblick in das Innere des Autos hatte, so brauchte er selbst keine entsprechenden Abdunkelungsmaßnahmen zu treffen. Was ihm aber Sorgen bereitete, war, dass er nun doch zwei Tage und zwei Nächte später, als er es Vera zu verstehen gegeben hatte, nach Hause kommen würde.

Als Kilian im Radio nach Musik suchte und er dabei zufällig in einen lokalen Sender geriet, fiel ihm plötzlich ein, dass ja gerade nicht weit von seinem jetzigen Standpunkt ein alter Freund von ihm lebte, der früher einmal in seiner Stadt lebte; seit einigen Jahren jedoch in dieser Region, in der er sich momentan befand, eine neue Heimat gefunden hatte. Kilian hielt an der nächsten Tankstelle und rief von dort aus seinen Freund an. Ja, er solle gleich kommen, sagte dieser, er und seine Familie würden sich freuen, Kilian nach so langer Zeit wiederzusehen.

*

Als Kilian sich am späten Abend von seinem Freund verabschiedete, war er ausgeruht, hatte gut zu Abend gegessen und sich von dem Stress der letzten Tage ein wenig erholt. Seine Gastgeber hatten nicht den geringsten Verdacht geschöpft bezüglich seiner seltsamen Mission, im Gegenteil, sie hatten ihm seine harmlose Geschichte, die er eigens für sie erfunden hatte, ohne jegliche Bedenken abgenommen.

Nachdem Kilian den Wagen aufgetankt hatte, raste der rote Kombi erneut über die Autobahn. Kilian hielt, als es bereits schon Nacht war, auf einem leeren Parkplatz, vergewisserte sich, dass er allein war, öffnete die Heckklappe des Wagens und überprüfte die Lage der Toten: Julia lag unverändert in Decken und Gurten. Er konnte seine Heimreise mit einer Sorge weniger fortsetzen.

*

Als der rote »Leichenwagen« vor der katholischen Kirche in des Coiffeurs Stadt zum Stehen kam, war es dreiundzwanzig Uhr. Kilian stieg aus, ihm tat der Rücken weh, und er beschloss, erst mal ein paar Schritte durch die Nacht zu gehen, um Sauerstoff zu tanken, wieder einen klaren Kopf zu bekommen. Es war ein Wochentag, und es waren keine Menschen auf der Straße. Er freute sich, dass er es ohne jegliche Zwischenfälle bis nach Hause geschafft hatte. Es war keine leichte Fahrt für ihn gewesen mit einer Leiche im Kofferraum und von Zeit zu Zeit hatte er schon ein seltsames, unangenehmes Gefühl im Magen wegen seines mysteriösen Vorhabens.

Er hatte vor, eine halbe Stunde vor Mitternacht, die Kirche mit der Leiche zu betreten. Davor sah er sich nach allen Seiten um, denn er wusste, dass schon die geringste Unachtsamkeit, der kleinste Fehler seinen Plan zunichte machen konnte.

Nachdem er um die Kirche herumgegangen war, wobei er vorsorglich schon den Seiteneingang aufgeschlossen hatte, (er hatte ja die Kirchenschlüssel wegen seines Orgelspiels) begab er sich zum Wagen und öffnete die Hecktür. Bevor er damit begann, die Tote aus der Ladefläche zu nehmen, lief er noch einmal um den Wagen herum. Es war niemand zu sehen. Lediglich eine schwarze Katze huschte an seinen Füßen vorüber und eine weitere Katze lief fauchend hinter dieser her.

Jetzt war es soweit, jetzt konnte er mit dem letzten Teil seiner Mission fortfahren. Kilian zog den Körper aus dem Auto, hob die Tote zu sich heran, so wie er es im Grab getan hatte und legte sich danach Julia über seine rechte Schulter.

Schweren Schrittes begab er sich in das Innere der Kirche. An einer ihm passenden Stelle legte er die Leiche ab, wobei er im Dunkel mit Julias Kopf gegen einen Gegenstand stieß. Kilian drehte den Schlüssel im Schloss. Endlich war er an seinem Zielort angelangt. In wenigen Minuten würde er seinen göttlichen Auftrag, den er beim Blick in den geöffneten Himmel auf den in hohen Sphären schwebenden gläsernen Altar im Traum erhalten hatte, erfüllen können.

Kilian schleppte die Heilige nun zum Altar und legte sie am Granitboden davor ab. Dann begab er sich in einen Nebenraum, knipste darin an einem Schalterbrett das Licht über dem Altar an, so dass dieser davon erhellt wurde. Er kannte diesen Altar sehr genau, wusste alles über seine Konstruktion und Beschaffenheit, so auch, dass er in seinem Inneren hohl war und dass die Seitenteile – mittels eines Winkeleisens verschraubt – leicht zu entfernen und ebenso problemlos wieder anzubringen waren.

Kilian suchte nach einem Schraubendreher, genauer nach einem Imbusschlüssel, den er in einer Werkzeug-Schublade fand, begab sich wieder zum Altar und begann das etwas nach innen versetzte Seitenteil vom Altar zu lösen. Als er dies vollbracht hatte, entfernte er das Teil von dem Eisenträger zog es so weit weg, dass er ganz ins Innere des Altars zu sehen vermochte. Da es in dieser Höhle stockdunkel war, nahm er eine Taschenlampe zu Hilfe von deren Aufbewahrung er wusste, und leuchtete in das Altarinnere hinein, strich mit den Fingern über den Boden; der Hohlraum war vollständig leer und auch sauber, er hatte kein Staubkörnchen an den Fingern.

Julia lag nun vor ihm in unvorstellbarer Schönheit und Unversehrtheit. Er vermochte es immer noch nicht zu begreifen, dass eine Tote nach so vielen Tagen noch immer aussah wie ein lebender, lediglich schlafender Mensch. Und er glaubte sogar, dass sie seit gestern noch schöner geworden war. Auch vermochte er nicht den geringsten Geruch, weder angenehm noch unangenehm, an ihr festzustellen. Sie roch nach nichts. Und da es das für ihn nicht gab, dass ein Mensch, ob tot oder lebendig, nach gar nichts riecht, vermeinte er letztlich doch etwas wahrzunehmen, etwas zu riechen, das er stolz als feinsten Überrest von Weihrauch identifizierte.

Kilian nahm jetzt eine Decke, aber keine von denen, in denen er die Tote transportiert hatte, nein, er nahm die schwarze Decke aus dem privaten Priesterraum, die, auf der er damals mit Julia das heilige Ritual der Verschmelzung ihrer Seelen zelebriert hatte, und legte diese auf dem Inneren des Altarbodens aus. Danach bettete er die Tote liebevoll darauf, was ihm in der anstrengend gebückten Haltung Mühe bereitete; die braunen Erd-Flecken auf dem beschmutzten Totenkleid von Julia, die noch von der Bergung aus dem Grab stammten, hatte er davor fein säuberlich aus dem Stoff entfernt. Er tat dies so akribisch, so perfekt, dass nicht die geringsten Spuren einer Verletzung, einer Disharmonie in Körperlage und Gesichtsausdruck zu erkennen waren.

Hätte er sich in diesen Augenblicken nicht immer wieder bewusst gemacht, dass Julia tot ist, wäre er unweigerlich in Versuchung geraten, sie zu küssen und zu liebkosen. Kilian trennte sich schwer von Julias Anblick, doch er musste sich jetzt beeilen, musste den Altar an der Seite wieder verschließen.

Nachdem er das steinerne Seitenteil aus Granit wieder eingesetzt und verschraubt hatte, prüfte er noch, ob die Verbindung mit dem Hauptkörper fugenlos erfolgt war. Er entdeckte da und dort einige Stellen, an denen noch Luft in das Innere gelangen konnte. Deshalb ging er erneut in den Nebenraum, suchte nach einer Art Kitt, nach Klebemasse, die er schließlich auch fand, und verschmierte die noch verbliebenen Spalten hermetisch damit, dies auch auf der linken Seite, so dass künftig keine Luft in das Innere des Altars gelangen konnte.

Nachdem er alles, ohne auch nur die geringsten Spuren zu hinterlassen (selbst die Fugenmasse zwischen Seitenteil und Hauptaltar war nahezu unsichtbar aufgestrichen), weggeräumt, die Transportdecken an sich genommen und vorerst an einem passenden Fleck verstaut hatte, trat er nun gemessenen Schrittes vor den Altar. Eine Weile stand er betend davor. Danach erfasste ihn ein Gefühl tiefster Glückseligkeit, das er nicht zu beschreiben vermochte, und er verließ die Kirche, ohne zu vergessen, die Türe zu verschließen.

TEIL VIER

Miami, Florida. Nachdem Jimmy Waiter an der Pforte des Hochsicherheitsgefängnisses in Miami seinen Ausweis vorgelegt hatte und dieser von dem diensthabenden Police-Detective eingehend geprüft worden war, erhielt der Rechtsanwalt die Erlaubnis, Nils Rimak zu sprechen. Zuvor aber musste er sich in einem eigens dafür vorgesehenen Raum nackt ausziehen. Danach trat ein Mann ein, der sich ihm als Gefängnisarzt vorstellte.

»Sorry, Mr. Waiter, Ihnen als Rechtsanwalt ist ja bekannt, wie das hier alles so läuft.«

»Okay, machen Sie schon«, drängte Jimmy ungeduldig.

»Am besten, Sie stützen sich hier auf den Tisch.«

Der Anwalt trat an den Tisch, stützte seine Ellenbogen auf die staubige Platte, streckte dem Arzt seinen nackten Hintern entgegen. Dieser hatte einen Gummihandschuh übergestreift, wobei er den Zeigefinger seiner rechten Hand jetzt demonstrativ gleich einem V-Zeichen nach oben streckte.

»Verdammt«, fluchte Waiter, als er den Finger in seinem Hintern spürte, »auch wenn Sie noch so tief bohren, Sie werden nichts finden.«

»Okay, Mann, tut mir leid.«

Der Arzt streifte den Handschuh ab und warf ihn in den Abfall. Dann ging er zu einem Waschbecken, um sich die Hände zu desinfizieren. Danach wandte er sich wieder seinem »Patienten« zu.

»So, jetzt noch den Mund!« Der Arzt holte einen kleinen Leuchtstab aus seiner Manteltasche hervor und leuchtete damit in Waiters weit geöffneten Mund. In diesem Moment warf ein Dienstmann die in der Zwischenzeit kontrollierten Kleidungsstücke durch das Gitter in den Raum.

»Okay, Mister«, verkündete der Arzt, »Sie können sich anziehen.«

Anschließend wurde Jimmy von einem Wachmann durch mehrere, von stählernen Gitterstäben umschlossene und mit TV-Kameras ausgestattete Räume geführt. Der ihm vorausgehende Posten schloss jeweils mit einem der großen Schlüssel aus seinem riesigen Bund vor ihm auf und hinter ihm zu. Das Schließen schien kein Ende zu nehmen.

»So, Mister, hier wären wir«, sagte der Wachmann, als er Waiter in eine Zelle, die als Kontaktraum diente, geführt hatte. »Warten Sie hier, wir werden Mister Rimak herbringen.«

In dem Raum, der nicht von Gitterstäben, sondern mit ganz normalen Wänden umgeben war, standen ein Tisch und zwei Stühle. Durch einen Schacht in der Decke fiel diffuses Licht herein.

Der Rechtsanwalt vernahm Schritte und das Rasseln von Schlüsseln, von denen jetzt einer ins Türschloss dieses Raumes gesteckt wurde. Die Eisentür öffnete sich schwerfällig, und mit Nils Rimak betrat ein danach etwas abseits stehender Aufseher den Raum.

Jimmy Waiter und Nils Rimak standen sich jetzt zum ersten Mal Aug in Aug gegenüber.

»Hi, Mister Rimak«, begrüßte der Anwalt den Todeskandidaten, während der ihm seine rechte Hand entgegenstreckte, »mein Name ist Jimmy Waiter; kommen Sie, setzen wir uns doch!« »Meine Freunde aus Deutschland, Kilian und Vera Galeo, haben mir geschrieben, dass sie Sie mit meiner Verteidigung beauftragt haben.«

»Ja, das ist richtig und wie Sie vielleicht auch wissen, gehöre ich zu der Gruppe von Rechtsanwälten in den Staaten, die sich dem Kampf gegen die Todesstrafe verschrieben haben. Immerhin haben wir schon einige »Elektrische« vor dem heißen Stuhl bewahrt. Und Sie, Mister Rimak, Sie sind mein allererster Fall, bei dem es nicht um eine Begnadigung geht, sondern um die Klärung eines eventuellen Fehlurteils, also um die Feststellung Ihrer Unschuld, um Freispruch, für dessen Erreichung ich alles unternehmen werde. Schließlich sitzen Sie hier auch schon über zwei Jahre, und das angeblich unschuldig, wie ich meine, und wie mir viele versichert haben, und da wird es Zeit, dass wir in die Berufung gehen, ein neues Verfahren erreichen.«

»Wird verdammt Zeit! Schon vom ersten Tag an habe ich versucht, das Gericht und all die anderen von meiner Unschuld im Sinne der Anklage zu überzeugen. Aber die haben sich alle gegen mich verschworen: Beweisfälschung von Seiten der Sachverständigen im Auftrag der Polizei, Meineid eines Polizisten, die persönliche Ablehnung des Verteidigers, der mich, seinen Mandanten, unsympathisch fand, das Geschreibsel und die Verdrehungen der Journalisten und weiß Gott was noch alles.«

»Und Sie haben nichts falsch gemacht während des Prozesses? Wie ich hörte, waren Sie ganz schön hochnäsig, ja richtig arrogant dem hohen Gericht gegenüber.«

»Gut, ich habe mich nicht groß bemüht, vielleicht wollten sie mich heulen sehen über Julias Tod oder über das harte Urteil, aber den Gefallen tue ich denen nicht. Und im Übrigen, Mister, meine Gefühle gehen niemanden was an.«

»Das ist Ihre Sache, Rimak, aber damit kommen Sie nicht weit. Da nützt es Ihnen einen Dreck, dass Sie Ihre Vorstrafen zu Kavaliersdelikten herunterspielen, so wie Sie das bei der Verhandlung gemacht haben. Und noch etwas, Sie haben sich selbst geschadet mit Ihrer verdammt lässigen Art, haben die Geschworenen, die Sie zunächst für unschuldig hielten, mit Ihrem großkotzigen Gerede wieder zum Zweifeln gebracht. Sagen Sie, machen Sie sich keine Gedanken über den Mist, den Sie bisher verzapft haben?«

»Okay, okay, das hat doch keinen Sinn, dieser ganze Scheiß von negativen Gedanken. Was soll's, ich liege auf meiner Pritsche in diesen gottverdammten fünf Quadratmetern, die ich hier zum Leben habe, und fange so langsam an, mich an die Einzelheiten in meinem bisherigen Leben zu erinnern. Zum ersten Mal habe ich Zeit dafür, können Sie das verstehen?!

Julia und ich waren schon ein außergewöhnliches Paar; und wie sich die Leute nach uns die Hälse verdreht haben, nach unseren sündhaft teuren Klunkern, nach unseren Klamotten von den besten Adressen. Und das habe ich nicht etwa als der »Zuhälter« von Julia verdient, das war auf meinem Mist gewachsen, wenn Sie verstehen, was ich meine!«

»Ich versuche, Sie zu verstehen, Mister Rimak.«

»Verdammt, jetzt in diesen Tagen, da hat mich schon die Verzweiflung gepackt. Die Berufung ist meine letzte Hoffnung, Mann, oft denke ich, dass es mir wirklich an den Hals gehen könnte; sehe ja, wie sie rechts und links von mir in den Zellen dahinvegetieren, also habe ich mir ein Programm gemacht, ein Programm, um nicht lebendig zu verrecken: Vegetarier bin ich geworden, das Rauchen habe ich sein lassen, trainiert wird jeden Tag, fünf Stunden, und das in diesem Loch ohne Fenster, nur elektrisches Licht aus einer nackten Glühbirne; klein wie eine Besenkammer, wo es nur zu Kniebeugen und Liegestützen reicht. Aber ich bin erfinderisch, hab' mir selbst was ausgedacht, nehme statt Hanteln Bücher zum Gewichtheben, hier, sehen Sie meine Muskeln! Aber auch der Kopf braucht Bewegung, habe ich mir gesagt, also lese ich, löse Schachaufgaben. Kontakt mit den andern? No Sir, das bringt nichts! Und dann, sogar manchmal nachts, wenn sie wieder einen abholen von den leblosen, dahinvegetierten »Elektrischen«, von denen man keinen sieht, die man nur hört, wenn wieder einer zum Nebengebäude gebracht wird, wo der Stuhl steht, nein, ich will das nicht hören!«

»Ist schon gut«, versuchte ihn Jimmy Waiter zu beruhigen, aber Nils Rimak sprach weiter, sprach jetzt mit leiser, gedämpfter Stimme:

»Verdammt, manchmal träume ich von diesem Tod, da packt mich nachts im Traum der Strom, und ich schreie auf, lasse mich von der Pritsche fallen. Und dann dieses Alleinsein. Manchmal werde ich schier verrückt bei dem Gedanken, wie es wohl meinen Hunden zu Hause in Deutschland geht. Zum Glück hat Kilian mir geschrieben, dass sie okay sind, er kümmert sich drum.«

»Wie ich hörte, sprechen Sie ganz passabel Englisch«, lobte ihn Waiter.

»Und was wird mit der Berufung?!« kam Nils auf den Punkt.

»Geduld, haben Sie Geduld, ich werde mich für Sie einsetzen.«

»Danke, Mister!«

»Danken Sie Ihren Freunden in Deutschland!«

Der Wachposten zeigte jetzt demonstrativ auf die Uhr, es war eine Aufforderung, das Gespräch zu beenden.

»Wir müssen Schluss machen«, bedauerte Jimmy und hielt Nils einige Zeitungen entgegen. »Presse aus Deutschland, die haben über Ihren Fall geschrieben, auch die Süddeutsche ist dabei; ja, und dass ich's nicht vergesse, in den deutschen TV-Nachrichten waren Sie auch schon.« Jimmy Waiter übergab dem Todeskandidaten einige Zeitungen, die Nils Rimak lässig entgegennahm.

»Sie hören wieder von mir«, tröstete ihn der Anwalt, als er sah, wie Nils die Handschellen umgelegt wurden und dieser mit dem Wachposten den Raum verließ. Dabei drehte sich Nils noch einmal zu Jimmy um, wobei er die Hände in die Höhe streckte, mit den gespreizten Fingern das Viktory-V zeigend.

Jimmy Waiter beantwortete diese Geste mit einem gequälten Lächeln.

*

»Hast du schon gelesen?! Schon wieder ein Mord an einem Touristenpaar in Florida, ereiferte sich Kilian!«.

»Nein, wer ist es denn dieses Mal?« fragte Vera.

»Ein Ehepaar aus Holland. Schon der siebte Mord in diesen zwei Jahren. Die haben sich auch verfahren, waren mit dem Leihwagen unterwegs, so wie damals Nils und Julia. War auch so 'ne finstere Gegend in Miami. Sie haben auch nach dem Weg gefragt und dann wurden sie beschossen und beraubt. Die Frau ist verblutet, der Mann konnte entkommen. Soll für die Polizei inzwischen zur

Routine geworden sein, das mit den Touristenmorden, immer das gleiche.«

»Man könnte fast meinen, dass das mit Julia nur der Anfang war«, sagte Vera.

»Ja, das kann gut sein. Jetzt plötzlich finden sie die Täter. Bei Nils haben sie gar nicht erst gesucht. Bei dem holländischen Paar kamen sogar Hinweise aus der Bevölkerung, zwei Tage später waren die Täter schon hinter Gittern.«

»Gib mal her«, bat Vera jetzt um den Bericht.

»Bin nur froh, dass Nils jetzt den Jimmy hat, der wird das schon für ihn machen«, tröstete sich Kilian.

»Da bin ich mir nicht so sicher, hast ja gelesen, was Nils geschrieben hat.«

»Du meinst die Berufung?«, ergänzte Kilian.

»Die ist doch voll geplatzt, da wird nichts mehr draus«, sagte Vera resigniert. »Verdammt, das kann Nils weitere Jahre kosten. – Du, Kilian«, begann sie jetzt vorsichtig, »du weißt ja, ich bin keine große Kirchgängerin, aber sollten wir nicht vielleicht einmal für Nils beten?«

»Was hast du gesagt, beten?«

»Ja, in die Kirche gehen, eine Messe besuchen, an Nils denken, und für ihn beten«.

*

Am darauffolgenden Sonntag trafen Vera und Kilian wenige Minuten vor Messebeginn an der katholischen Stadtkirche ein. Der Pfarrer, den Kilian gut kannte (er hatte ihm ja persönlich den Schlüssel für den Seiteneingang überlassen, damit er jederzeit an die Orgel konnte), begrüßte die beiden und gab seiner Freude, sie nach so langer Zeit wieder einmal als seine Schäflein begrüßen zu dürfen, gestenreich Ausdruck. Nach einem kurzen, eigentlich belanglosen Gespräch, auch über Kilians Orgelspiel, verabschiedete sich der Geistliche, da nun der Beginn des Gottesdienstes unmittelbar bevorstand.

Vera und Kilian betraten das Mittelschiff, bekreuzigten sich, nachdem sie die Finger in eines der am Eingang angebrachten Weihwasserbecken getaucht hatten. Vera ging nun voran, und man konnte es an ihren zielgerichteten Schritten sehen: sie wollte ganz vorne in der ersten Reihe Platz nehmen. Kilian versuchte zwar, sie zu einem Platz in einer der hinteren Reihen zu bewegen, doch Vera ließ sich nicht von ihrem Vorhaben abbringen. So blieb ihm nichts anderes übrig, als seiner Frau in die erste Reihe zu folgen.

Jetzt erklangen die Kirchenglocken in voller Lautstärke, der Pfarrer trat ehrwürdig mit seinen Ministranten aus dem Seitenraum, ging feierlichen Schrittes auf den Altar zu und stellte sich vor diesem auf. Die Ministranten gingen an ihren vorgeschriebenen Platz, knieten sich links und rechts neben dem Geistlichen.

Die heilige, katholische Messe nahm ihren Lauf, und jedes Mal, wenn Kilians Blick auf den sich unmittelbar vor ihm befindlichen Altar fiel, wurde ihm ganz schwer ums Herz und er bemühte sich, sich nichts anmerken zu lassen. Das hielt ihn aber letztlich nicht davon ab, bei dem gemeinsamen gesprochenen Vaterunser inbrünstig an Nils zu denken und den Herrn um dessen baldige Freilassung zu bitten. Auch für Julia sprach er während der Messe ein Gebet mit der Bitte, dass der Herr sie in sein Reich aufnehmen möge.

Ja, er hatte in so manchen Momenten sogar das Gefühl, dass dies alles ausschließlich für Nils und Julia zelebriert wurde, und er fühlte in seinem Herzen, dass auch Julia in diesen Minuten, als Engel vielleicht, für Nils die Freiheit erbat. Irgendwo im Himmel. Und in Gedanken sprach er lautlos weiter ... als Engel? Ein Engel, der Nils die Freiheit bringen könnte? Seltsamer Gedanke.

Doch was war das, jetzt, in diesen Sekunden – es war wie ein Blitz, wie das Verglühen einer Sternschnuppe am nachtschwarzen Himmel, und ein erstarrter Kilian sah auf den jetzt plötzlich (nur für ihn!) durchsichtigen Altar, durch den an der Vorderfront gläsern und durchsichtig gewordenen Reliquienschrein, sah Julia, sah auf den erleuchteten Körper einer Heiligen, deren Hände zum Gebet gefaltet waren. Es war dies alles wie ein Traumgesicht, das einer Sternschnuppe gleich aufflammte um im selben Augenblick wieder zu verglühen.

»Ist dir nicht gut?« fragte Vera besorgt.

»Alles in Ordnung, Schatz«, antwortete Kilian mit belegter Stimme und blassem Gesicht.

*

War es Nacht, war es Tag? Nils Rimak wusste es nicht. Man hatte ihm die Uhr abgenommen, in der Zelle befand sich kein Fenster, war es immerzu Nacht. Nur die elektrische Birne gab Licht, wenn er es brauchte.

Im grellen Schein der schirmlosen Glühbirne hatte er vor ein paar Stunden gelesen, was der Richter beschlossen hatte: »Die Berufung wird abgelehnt. Nils Rimak hat sich des Mordes an Julia Nikischa schuldig gemacht. Es gibt null Zeugenaussagen, die ihn als Mörder entlasten, keine Indizien, die für seine Unschuld plädieren könnten. Nils Rimak bleibt in der Todeszelle, seine Hinrichtung kann zu jeder Zeit erfolgen.«

Nils hatte danach die Glühbirne ausgeschaltet, hatte sie aus der Fassung geschraubt, sie vor Wut an der Wand zerschlagen und mit den daran verbliebenen, scharfen Glasresten, die wie abgebrochene, gesplitterte Messer aus der Halterung emporstachen, wild auf die Matratze seiner Pritsche eingestochen. Er hatte dabei mehrmals in seiner Verzweiflung, in seiner Ohnmacht, geschrien: »Hier liegt ein Mörder, hier liegt ein Mörder, ich will auf den Stuhl, bringt mich endlich auf den Stuhl! Hört ihr mich, ihr Schweine? Ich will raus hier, will weg von hier.«

Sicher hatte man seine Schreie gehört, doch der Aufseher war nicht gekommen. Solch ein Geschehen war hier im Hochsicherheitstrakt des Pre-Trial-Detention-Gefängnisses von Miami nichts Ungewöhnliches. Immer brüllte irgendwo einer, geriet einer der Todeskandidaten in ohnmächtige Verzweiflung.

Nils Rimak war nach seinem tobsüchtigen Aufbegehren gleich einem trotzigen Kind, das seinen Willen nicht hatte durchsetzen können, in ein leises Schluchzen geraten, hatte sich auf die Pritsche geworfen und war irgendwann eingeschlafen.

Einen der Glassplitter, der ihm bei seiner Verzweiflungstat einige Millimeter in den Oberschenkel gedrungen war, hatte er nicht wahrgenommen. Im Gegenteil, er hatte in diesen Minuten ein unbeschreibliches Wohlbefinden verspürt. Und später, im Traum, flog er über blühende Landschaften. Es war Sommer, und die Wiesen leuchteten in herrlichster Pracht, in ihren schönsten Farben. Er war glücklich, sein Deutschland wiederzufinden, die sanften Hügel des Schwarzwaldes unter sich zu sehen. Er flog nicht in einem Flugzeug darüber, nein, er flog selbst, flog wie Ikarus, indem er mit seinen Armen, die er im Traum als Flügel empfand, auf- und abschwang.

Nils Rimak vermochte selbst zu bestimmen, wohin er flog, wie hoch er flog, und ihn durchströmte ein Gefühl von grenzenloser Freiheit. Wie ein Verdurstender sog er all die Bilder ein, Bilder von Schmetterlingen, von grasenden Kühen und Schafen, von Spaziergängern, Bilder von Frauen, von spielenden Kindern, von verwunschenen Dörfern, von Burgen, Bäumen, Weinbergen, Bilder, die sich in der Weite des Horizonts zu einem symphonischen Finale gleich Kumuluswolken auftürmten.

Auch die Geräusche sog er in sich hinein, das Geräusch der Luft, die über seinen Körper strich, das Geräusch der im Wind flatternden Blätter, das der fahrenden Autos, das Geräusch eines Flugzeuges, das über ihn hinwegflog.

Er sog sich mit all diesen Bildern, all diesen Geräuschen so voll, dass er dabei immer größer, immer schwerer wurde, und er spürte die schwächer werdenden Kraft seiner Flügelschläge, die ihn nicht länger zu tragen vermochten, und trotz noch heftiger ausgeführter Armbewegungen verlor er stetig an Höhe.

Unter sich erkannte er jetzt einen See, und er kam diesem See immer näher, war nur noch wenige Meter über dessen stählernem Blau, welches das Licht der Sonne reflektierte, ihn blendete; und kaum hatte er das Nass an seinen Füßen wahrgenommen, war er auch schon in den See eingetaucht, war darin untergegangen wie ein schwerer Stein, doch er fühlte sich nicht wie ein Ertrinkender, er fühlte sich wie ein Taucher, er hatte Luft zum Atmen und erfreute sich an dieser neuen Welt, die sich ihm jetzt, hier unter Wasser, auftat.

Er war am Grunde des Sees angelangt, setzte seine Füße auf und ging wie ein Spaziergänger seinen Weg.

Er sah sich um, entdeckte ein schwaches Licht in der Ferne, ging auf dieses Licht zu. Es wurde heller um ihn, und da erkannte er, dass es eine menschliche Gestalt war, von der da Licht ausging, eine Frauengestalt, die Flügel an ihrem Körper hatte, Flügel wie ein Engel (es war ein Engel, nur für ihn existierten solche Wesen nicht!), und er hörte jetzt den Engel etwas sagen, hörte ihn mit vertrauter, menschlicher Stimme sprechen: »Gehe wieder zurück in deine Todeszelle, aber sorge dich nicht, es wird der Tag kommen, an dem du frei sein wirst.« Dann lächelte der Engel, und Nils erlebte ihn jetzt in seiner ganzen Schönheit und göttlichen Pracht.

*

Kilian hielt einen Brief in der Hand und besah sich den Poststempel, der jedoch so blass war, dass er nach seiner Brille greifen musste. Er war in die Jahre gekommen, das leuchtende Gold in seinen Haaren war matter geworden, strahlte nicht mehr in dem Glanz seiner einstigen Jugend. Nicht nur er selbst, auch seine Frau, alle seine Bekannten, vor allem aber seine Kundinnen hatten sich niemals vorzustellen vermocht, dass Kilian älter, seine jugendliche Schönheit blasser, sein drahtiger Körper behäbiger werden könnte. Doch es war so, er vermochte sich nichts mehr vorzumachen, die Kraft der späten Jugend war verflogen.

In dem Poststempel, den er durch seine Brillengläser jetzt deutlich erkannte, las er neben dem Datum den Ortsnamen Norderkoog. Kilian besah sich immer zuerst den Poststempel und drehte erst danach das Kuvert um, um auf der Rückseite den Absender zu lesen.

Er konnte sich zunächst nicht daran erinnern, diesen Namen jemals gehört zu haben, dann jedoch tauchten aus seinem Unterbewusstsein Bilder auf, Bilder, die er mit Julia Nikischa in Verbindung brachte. Es war der Pfarrer, dieser seltsame Mensch, dessen Bekanntschaft er bei Julias Beerdigung gemacht hatte. Und Kilian stellte für sich fest, dass seit diesen ereignisreichen Tagen dort an der Nordsee mehrere Jahre vergangen waren.

»Mein Gott, wie die Zeit vergeht!« murmelte er vor sich hin.

Dann öffnete er den Briefumschlag und entnahm diesem das Schreiben. Es war ein einfaches, liniertes Papier, auf dem der Geistliche von Norderkoog ihm mit sehr schöner handgeschriebener Schrift Folgendes mitteilte:

Sehr geehrter Herr Galeo,

bestimmt werden Sie sich noch an mich, den Dorfgeistlichen von Norderkoog, erinnern und auch daran, was Sie mir nach der Beerdigung von Julia Nikischa ans Herz legten, nämlich, dass ich doch ab und zu nach dem Grab sehen möge. Nun, das habe ich getan, ja, ich habe es sogar ganz genau besehen und danach, als ich beim dörflichen Steinmetz meine Wahl getroffen hatte, mit einem dazu passenden Stein einfassen lassen; habe also einen ordentlichen Grabstein gekauft, für dessen Erwerb ich in einem meiner Gottesdienste zum freundlichen Spenden aufgerufen hatte. Auch habe ich das Grab zusammen mit einem der Totengräber schön bepflanzt, so dass es heute eine ehr-

würdige Stätte darstellt, derer man sich nicht zu schämen braucht. Im Gegenteil, es ist eine Freude für jedermann, an diesem Grab zu verweilen. Ich freue mich, sehr geehrter Herr Galeo, Ihnen dies heute mitteilen zu können.

Andererseits muss ich betonen, dass die Spenden in unserer Gemeinde nicht mehr so üppig fließen wie einst, so dass ich – verzeihen Sie meine Offenheit – mich auch über einen kleinen finanziellen Beitrag von Ihrer Seite sehr freuen würde.

Warum sind Sie damals eigentlich so überraschend abgereist? Ich konnte mir das gar nicht erklären, und ich hätte mich gern noch ein wenig mit Ihnen unterhalten, da Sie doch auch einer (der wenigen!) der Menschen sind, die sich dem Dienst an unserem Herrn verpflichtet fühlen.

Hochachtungsvoll

Pfarrer Petersen

PS: Die Erde am Grab hatte sich übrigens zu unser aller Überraschung schneller, auch weitaus tiefer gesenkt, als gemeinhin üblich. Für uns ein Rätsel, vielleicht aber auch eine göttliche Absicht, die ich als des Herrn Diener so verstehe, dass Gott diese Frau schneller und fester in seine Arme geschlossen hat, als einen gewöhnlich Sterblichen. Amen.«

*

Miami, 63. Straße. Ein Mann in einem grauen Anzug geht von Haus zu Haus. Er klingelt da, klopft dort, donnert auch mal mit dem Fuß an Türen, streckt seinen Ausweis ablehnenden, neugierigen oder unschuldig dreinschauenden Gesichtern entgegen, verwikkelt Menschen, junge, alte, weiße, farbige, dialektisch gut geschult in Gespräche, erst freundlich, dann und wann etwas bestimmter und, wenn nötig, packt er auch zu, da ist er nicht zimperlich, dreht den Arm eines Verweigerers mit gekonntem Griff auf den Rücken in eine verdammt schmerzhafte Position. Er weiß, so etwas hilft den Schwerfälligen (und von denen gibt es in diesem Viertel verdammt viele) beim Nachdenken, fördert bei ihnen das Sprechen, macht das Erinnern leichter. Das funktioniert. Schließlich ist das sein Job. Und den macht er nicht erst seit gestern. Dort, wo dieser Mann Erkundigungen einzieht, wurde Julia Nikischa erschossen.

Jimmy Waiter hat sich nicht lumpen lassen, er hat den schärfsten Detektiv der Stadt auf Spurensuche geschickt, einen harten Hund sozusagen. Auf die Suche nach Zeugen, die den Tathergang in jener Nacht im Oktober gesehen haben könnten, ja gesehen haben müssen, denn es ist hier in der Nacht immer jemand unterwegs, selbst wenn er nur in einer der uneinsehbaren Häuserecken steht, dealt oder sich einen Schuss verpasst. Jetzt oder nie, hat sich Jimmy gesagt, denn er ist nach den Zeugenaussagen von der Unschuld des Mannes Rimak überzeugt. Er ist ein bedeutender Anwalt, er hat schon vielen das Leben gerettet, die zu Unrecht kurz vor dem Grab, vor dem Strom standen. In diesem Fall aber hat er sich vorgenommen, für seinen Mandanten einen Freispruch zu erwirken. Und die Chancen stehen gut. Schließlich ist der Fall Rimak nicht nur ein rein juristischer Fall. Er ist zwischenzeitlich zu einem politischen geworden. Der Grund ist schnell erklärt: Die Richterin, die für Rimaks überstürzte Verurteilung verantwortlich zeichnet, war seinerzeit von Washington nach Florida beordert worden, um in der kriminellen Hochburg Miami mit hartem Besen zu kehren. Der Fall Rimak war ihr erster Fall. Und der kam ihr gerade recht. Warum also groß nach Entlastungszeugen suchen? Der bisherige Lebenswandel Rimaks reichte völlig aus für einen Schuldspruch. 1:0 für die Richterin. Bald darauf ging sie wieder zurück nach Washington, ging dort in das höchste juristische Amt. Ein Richter namens Golding übernahm ihren Job in Miami und somit auch den Fall Rimak.

Und weil Jimmy Waiter schon bald danach ein dickes Paket Beweise für Rimaks Unschuld auf den Tisch legte, wurde dieser Mister Golding nachdenklich. Mehr nicht, denn er hatte eine Karriere vor sich, er wollte Bundesanwalt werden. Und da sah es verdammt schlecht aus, wenn man einen Sträfling in die Freiheit schickte, auf dessen Verurteilung eine Frau in der Clinton-Administration stolz war. Eine Frau, die bei der Karriere von Mister Golding ein Wörtchen mitzureden hatte.

Mister Golding wollte auf seinen Weg nach oben nicht verzichten. Er wollte aber auch nicht die Last auf sein Gewissen nehmen, einen Unschuldigen auf den elektrischen Stuhl geschickt zu haben. Deshalb machte der Richter erst mal gar nichts, d. h., etwas tat er doch: Er verlangte nach eingehenderen Beweisen.

Und Nils machte Jimmy die Hölle heiß, schimpfte ihn einen Versager, einen Taugenichts. Waiter war das inzwischen gewohnt. Er wusste, dass es ein Hilfeschrei war.

*

Hätten wir in diesen Tagen in Rimaks Zelle sehen können, hätten wir einen Mann in den besten Jahren vorgefunden, der Kniebeugen und Liegestütze machte, der hohe Bücherstapel gleich Hanteln stemmte: Sport fünf Stunden täglich. Und wir hätten uns eingestehen müssen, dass wir uns einen zum Tode Verurteilten, der über acht Jahre zum Nichtstun, zum Nachdenken über einen Mord gezwungen war, den er nicht begangen und dessen Mörder er zwar gesehen hatte, aber nicht beschreiben konnte, ganz anders vorgestellt.

Nils Rimak stand besser da als in früheren Zeiten seiner Freiheit. Er hatte abgenommen, überflüssiges Fett diszipliniert über Bord geworfen, hatte zähes, festes Muskelfleisch angesetzt. Sein Gesichtsausdruck war härter, war noch bestimmter, noch beherrschter geworden, so gut wie nie kam ihm auch nur der Hauch eines Lächelns über die Lippen. Sein Blick war starr, sein Wille eisern geworden. Auch in seinem Kopf hatte er auf Denksport gesetzt, hatte schwierige Schachaufgaben gelöst und Bücher verschlungen.

Doch wie sah es in seinem Inneren, in seinem Herzen aus, wie war es um seine wahren Gefühle bestellt?

Als Vera und Kilian sich nach ihren Zeugenaussagen für ihn (sie hatten damals eine Woche lang täglich acht Stunden im Gericht in Miami verbracht) von Nils verabschiedeten, wobei Vera ihn umarmte (dazu war die ausdrückliche Erlaubnis des Wachpostens erforderlich), sah sie, als sie sich aus dieser Umarmung löste, eine Träne über seine Wange laufen.

Wenige Minuten zuvor noch hatte Rimak einem Reporter auf die Frage, wie denn seine Gefühle seien, nur belanglos geantwortet:

»Sorry, Mister, ich habe keine Gefühle mehr.«

*

In jenen Tagen meldeten die Medien in Florida den zwölften Mord an ausländischen Touristen innerhalb acht Jahren. Verbrechen, die alle nahezu ganz aufgeklärt wurden, bis auf einen Fall: den Fall Nils Rimak, den ersten in dieser Serie.

Für die Geschworenen war dieser Fall jedoch auch aufgeklärt – allerdings nur bis zu dem Tag, an dem Jimmy Waiter kam. Und sein Detektiv. Der hatte inzwischen drei Augenzeugen ausfindig gemacht, die den Überfall in der 63. Seite mit angesehen hatten. Die drei erinnerten sich genau:

»Das war alles verdammt auffällig in dieser Nacht, ein Paar, das gut ausgesehen hat, dann dieser rote Sportwagen, der Goldschmuck, den die beiden um die Brust ganz offen trugen, auch an den Händen hatten, einfach so zur Schau stellten; Mann!, das muss man sich mal vorstellen, Goldschmuck zum Greifen!, nachts, in der dreiundsechzigsten; das waren Selbstmörder! Und dann... wir haben uns einen abgelacht, der Killer – den Namen von dem Typ haben wir Ihnen ja schon genannt – der muss wohl 'nen Zacken abgehabt haben, lässt der doch den geilen Schmuck zurück, greift ihn sich nicht, hat ihn direkt vor der Nase, bekommt ihn quasi hingehalten, dann das Geld, die Handtasche der Frau voll mit Scheinen, Mann-oh-Mann, nimmt einfach nichts mit, knallt die Frau einfach nur ab. Ja, und ob uns das aufgefallen ist! Das hat sich im ganzen Viertel herumgesprochen. Und im übrigen, Detective, seien Sie mal nicht sauer, Sie wissen ja, die Leute, die da nachts auf der Straße rumstehen, haben bekanntlich keine Lust, mit Bullen zu schmusen; jedenfalls wissen Sie jetzt, warum wir nicht freiwillig ...«

Die Zeugen, die der Detektiv da an der Hand hatte, waren für Jimmy Waiter der Trumpf, den er jetzt vor dem Gericht, vor Golding ausspielen konnte. Damit würde er den Stich machen, hatte sich Jimmy gesagt, doch der Richter hatte eine Karriere vor sich, und die wollte er nicht aufs Spiel setzen, schon gar nicht wegen so eines dubiosen Typs aus Deutschland, der sowieso schon Dreck am Stecken hatte, bevor er in die Staaten gekommen war.

»Also«, sagte Golding zu Waiter, »pass auf, Junge, das, was du da auf den Tisch gelegt hast, das ist nicht von Pappe, okay, das nenne ich gute Arbeit, aber mein lieber Mister Waiter, da ist noch was anderes, was wir brauchen, um Rimak rauszuhauen.«

»Und das wäre?« bohrte der Anwalt.

»Bringen Sie den Geschworenen eine andere, eine überzeugendere Version der Blutspuren-, vor allem aber der neuesten Pulverdampf-Theorie. Sie wissen doch, dass die sich da festgebissen haben.«

»Okay«, sagte Waiter zu (mit verdammt viel Wut im Bauch) und machte sich auf den Weg. Auf den Weg zu James Stuart.

*

Jimmy Waiter sitzt an seinem Schreibtisch, kramt in Bergen von Aktenstapeln, die als kostenlose Untermieter nahezu sein ganzes Haus in Beschlag nehmen. Zwischen den Stapeln steht ein Fahrrad, daneben befinden sich ein paar Gitarren. Jimmy ist vierzig Jahre alt und noch Single. Er hat im Grunde seines Herzens viel Gefühl. Kaum vorzustellen, dass sein Leben von zwei Dingen bestimmt wird: von Strafrecht und Jazz.

In seinem Büro hängen revolutionäre Plakate und Photos von allen möglichen Klienten, Todeskandidaten, die in den Strom gegangen sind, Lebenslängliche, die sich in der Zelle erhängt haben, andere, die bei einer Meuterei erschossen wurden. Würde man ihn fragen, warum das alles, warum dieser Höllenjob?, würde er sicher antworten: »Einige von denen habe ich zum Stuhl begleitet. Das sind Stunden im Leben, die man nicht vergisst, das können Sie mir glauben!«

Von Nils Rimak hängt auch ein Photo an der Wand. Und es fällt auf, dass Nils darauf ganz anders aussieht als jetzt, mit seinen kurzen Haaren, seinem kantigen, blassen Gesicht. Auf dem Poster sieht er aus wie ein junger Adonis, braun gebrannt, Muskeln wie auf einem Sportstudio-Werbe-Plakat.

Jimmy zieht jetzt, rein zufällig, ein Papierbündel unter all den Akten hervor. Es sind die Aussagen von einem Dutzend deutscher Bürger, die Nils Rimak und Julia Nikischa gut kannten: vom Hauswirt, den Nachbarn, den Schachfreunden, früheren Freundinnen. Sie alle waren zur Anhörung nach Miami gekommen, hatten über Beziehung und Lebensumstände des Paares ausgesagt.

*

Kehren wir zurück zu der Blutspurentheorie, von der Richter Golding sprach, und somit zu James Stuart, dem international anerkannten Experten und Verfasser eines Lehrbuches über sichere Indizienauslegung und Beweisermittlung.

Jimmy Waiter beauftragt James Stuart, sich die dem Gericht vorliegende Theorie einmal gründlich vorzunehmen. Nach ein paar Wochen treffen sich Waiter und Stuart. Was dieser Experte ihm dann mit seinem Gutachten über Blutflecken und Pulverdampfspuren vorlegt, lässt Jimmys Kriminalistenherz Purzelbäume schlagen:

»Also, hören Sie, Mister, das, was da seinerzeit dieser Chemiker des Polizeilabors in Miami als sogenannter Experte vom Stapel gelassen hat, das geht auf keine Kuhhaut. Passen Sie auf, was meine Nachforschungen ergeben haben:

Aus vielfacher Erfahrung in anderen Mordfällen ist es so, dass es direkte und indirekte Blutspuren gibt. Der tödliche Schuss auf Julia

Nikischa hat erst einmal nur auf dem Beifahrersitz eine Menge Blut austreten lassen; die Flecken auf der Fahrerseite dagegen sind indirekte Spuren, die möglicherweise bei der Bergung durch die Sanitäter entstanden sind. Aber das ist nicht der Trumpf in der Sache. Die eingehende und aufwändige Analyse die bei einem Schuss (ganz aus der Nähe und voll auf das Opfer gerichtet) ausströmenden Pulverdampfspuren ist eine Wissenschaft für sich und eine längere Geschichte, die sie in meinem Bericht hier am besten in Ruhe nachlesen! Um es kurz zu machen, es ist also so, dass meine Tatrekonstruktion exakt mit den Angaben von Mister Rimak übereinstimmt.«

»Das ist ja großartig, Mister Stuart, kann ich Ihr Gutachten gleich mitnehmen?«

»Hier, nehmen Sie.«

»Danke! Wir sehen uns dann also bei der Verhandlung?!«

»Okay, bis zur Verhandlung.«

*

Als James Stuart während der kurz darauf erfolgten Anhörung vor Gericht seine Analyse näher erläutert, setzt Jimmy Waiter noch eins drauf. Er trägt vor:

»Hohes Gericht, erlauben Sie mir, Ihnen zusätzlich zu dem Gutachten von Mister Stuart die aktuelle Kriminalstatistik von Miami vorzulegen, aus der ich hier einige sehr interessante Zeilen vortragen möchte. – Also, in den Jahren nach dem Mord an Julia Nikischa sind über zwölf weitere, sehr ähnliche Überfälle hier in Miami passiert. Das ging so weit, dass die Polizei sogar Flugzettel zur Warnung an die Touristen herausgeben musste; ein Eingeständnis, wie ich meine, das besagt, dass hier in unserem Staate verdammt viel faul ist. Und wir müssen feststellen, dass nach dem Gutachten von James Stuart niemand mehr hier in diesem Hohen Gericht weiterhin wird behaupten können, dass die Schilderungen des Angeklagten ein unverschämtes Phantasieprodukt seien. Es war, Hohes Gericht, verehrte Geschworene, Mister Rimaks Unglück, dass er der erste in einer langen Reihe war. Und ich möchte noch einmal betonen, dass es bei dem Angeklagten nicht um Strafminderung, sondern um erwiesene Unschuld geht. Auch bitte ich Sie, folgende Tatsache in Ihre Urteilsfindung mit einzubeziehen: Amnesty International hat herausgefunden, dass in diesem Jahrhundert in den Staaten von Amerika 416 Menschen zum Tode verurteilt wurden, wegen eines Mordes, den sie nicht begangen haben, und – man stelle sich vor ! – 23 von ihnen wurden hingerichtet, bevor ihre Unschuld erwiesen werden konnte. Hohes Gericht, ich plädiere hiermit dafür, meinen Mandanten von der Anklage des Mordes unverzüglich freizusprechen.«

*

Endlich Post von Nils! Kilian und Vera stürzten sich auf den Brief aus Miami. Entgegen seiner Gewohnheit, suchte Kilian diesmal nicht erst nach einem Messer, um den Brief sorgfältig zu öffnen, nein, er reisst ihn auf, gierig und wild, so, wie ein hungriger Löwe seine Beute reißt.

Zwei Köpfe starren jetzt gleichzeitig auf das Papier ...

Nils Rimak,
 # 778904, PRE-TRIAL-DETENTION-CTR, Cell 507
1231 A.R. 16th Street, Miami, Florida 66795, USA
Miami, 21. Mai, 18 Uhr

Meine lieben Freunde,

endlich ist es mir gelungen, an Schreibpapier und Briefmarken zu kommen, und so will ich Euch mal schnell up to date bringen: also, nachdem Jimmy Waiter (nochmals ein riesiges Dankeschön, dass Ihr mir diesen Engel geschickt habt!) recht aktiv geworden ist und mittels eines Detektives tatsächlich Zeugen ausgegraben hat, die das Verbrechen in jener Nacht gesehen haben, ja, die sogar den Namen des Mörders genannt haben, ist neue Hoffnung in mir aufgekommen. Es kommt aber noch besser: Da gibt es einen James Stuart, eine Kapazität auf dem Gebiet der Blutspurenanalyse, und der hat sich das alles noch mal vorgenommen und bei seiner Tatortrekonstruktion herausgefunden, dass alles genauso war, wie ich es von Anfang an dem Gericht glaubhaft zu machen versuchte. Also, Ihr Lieben, wenn das mal nichts ist! Wenn nur dieser Richter namens Golding nicht so ein Karrierehund wäre!

Wären die Umstände meiner Unterbringung hier in Miami besser, könnte ich geradezu gut gelaunt sein. Jedoch habe ich seit mehreren Tagen ständig Hunger, nicht ein einziges Mal konnte ich mich satt essen. Und obwohl es mir an finanziellen Mitteln nicht fehlt: ich kann hier absolut nichts einkaufen. Ich phantasiere schon von Dingen, die ich nach meiner Rückkehr in die »Komfort-Zelle« in U. C. I. in Rainford essen will. Frage mich, wie lange mich die hier noch in diesem dunklen Loch ohne TV und Zeitungen festhalten wollen. Seit meiner Ankunft hier blieb die Zeit für mich stehen: musste meine Uhr abgeben, bin in dunklem, fensterlosem Käfig und weiß nie die Tageszeit und auch nicht, was in der Welt draußen vorgeht, bin völlig isoliert.

Ich hätte nie gedacht, dass ich es je sagen würde: Gelobt sei der Tag, an dem ich wieder zurück on Death Row bin. Das hier in Miami ist die Hölle. Will nicht spekulieren mit der Urteilsaufhebung und was danach geschieht; eines habe ich hier gelernt und gesehen in all den Jahren: Entscheidungen amerikanischer Gerichte sind absolut unvorhersehbar und oft nicht an den Fakten des Falls, sondern an irgendwelchen Ränken orientiert. Was im Gericht für die Öffentlichkeit abläuft, ist Marionettentheater.

Sobald die schriftliche Entscheidung da ist, sehen wir weiter, wie das nächsthöhere Gericht, das Supreme Court of Florida, entscheiden wird. Ihr seht, Zeit spielt für die hier keine Rolle und für mich heißt es jetzt wieder warten. Aber was sind schon drei Monate, wenn man bereits neun Jahre wartet. Neun Jahre unschuldig im Knast, das kann sich kein Mensch vorstellen. Das ist der totale Wahnsinn!

Stellt Euch vor, was mir vor ein paar Tagen passiert ist: Es ist der Grund, warum ich von meiner Hochsicherheitszelle von Dade County Jail hierher, in dieses Loch, verlegt worden bin. Also, diese Zelle wurde für einen anderen gebraucht, der angeblich einen längeren Trial haben soll. Hier, in »Metro-West«, bin ich nun in seiner Zelle, und er ist in meiner Hochsicherheitszelle in Dade-County Jail. Er ist angeklagt, deutsche Touristen ermordet zu haben. Wir sahen uns zum ersten Mal beim Mittagessen, denn da wurde er in meine »Holding-Cell« gebracht. Wir sprachen kurz über die Ironie des Zellentausches sowie über die Tatsache, dass ich ja auch wegen eines Touristenmordes verurteilt bin (wenngleich zu Unrecht), und er sagte mir, dass er dafür jetzt »on Trial« gehe. Ich sagte ihm, dass ich Deutscher sei. (Er hat einen Deutschen erschossen!)

Inzwischen hörte ich, dass er schon zwei Tage später verurteilt wurde. Er ist ein junger Bursche, sehr gut aussehend, ich hielt ihn für 18, hörte dann von ihm, er sei 22 Jahre alt. In einigen Monaten wird er wohl on Death Row sein. Weil ich ja hier weder Radio, TV noch Zeitung habe, weiß ich nichts Näheres über seinen Fall, kenne die genauen Umstände nicht. Stand bei Euch was in den Zeitungen darüber?

Und nun zu Dir, liebe Vera! Mein Kompliment!, Du hast fabelhaft ausgesehen damals im Gericht! Wie machst Du das bloß? Bist ja auch nicht mehr die Jüngste. Gibt es ein Geheimnis, wie man jung bleibt? Ich meine, wir sind ja alle (auf dem Papier) etwas reifer geworden – und man sieht's uns an. Du, liebe Vera, bist die Ausnahme; Du, das muss ich Dir noch mal sagen, siehst ganz toll aus!! (Kilian, halt die Frau fest!).

Ich hörte übrigens, dass RTL und PRO7 einen längeren Bericht ausstrahlten, mit einigen von Euch im Zeugenstand; habt Ihr's gesehen?

Also, Ihr Lieben, ich muss es immer wieder sagen: Ich muss hier raus! Stelle mir öfter vor, das heißt, ich halluziniere, wie herrlich nun alles am südlichen Schwarzwald in Blüte steht: Wiesen voller Blumen, Kühe, Schafe, Bienen, rauschende Bäche und der Wind fährt sacht durch meine Haare.
Wenn's was Neues hier gibt, Ihr wisst ja: Jimmy wird sich bei Euch melden. Drückt mir die Daumen, und ganz herzliche Grüße, auch an Verena,

bis bald, Nils.

TEIL FÜNF

Ein Ort in der Schweiz. Es ist Sonntag, der 1. September. Der sich dem Ende zuneigende Sommer zeigt sich von seiner kühlen Seite. Das verwundert auch heute nicht, war man doch all die Monate nur spärlich mit der erhofften Wärme verwöhnt worden. Selbst jetzt, in diesen Altweibertagen, rechnet niemand mehr mit irgendwelchen sommerlichen Hochleistungen. Eigentlich ist das Wetter an diesem Tag für sportliche Betätigungen gut geeignet. Es ist nicht zu warm, der Himmel bedeckt.

In einem Gehöft nahe der Hauptstraße, die durch dieses Bergdorf führt, eine Straße mit einem starken Gefälle, spielen Kinder mit einem Fußball, den sie über ihr Spielfeld kicken. Eines der Kinder ist heute der Held des Tages. Der Junge heißt Marco. Er kann am weitesten kicken, ist ein guter Verteidiger und ein guter Stürmer zugleich.

Draußen auf der Straße, vor dem Gehöft, da wo die Kinder spielen, ist nur wenig Verkehr. Ab und zu sieht man einige Radfahrer. Die Autos, die jetzt um die Mittagszeit hier vorbeikommen, kann man an einer Hand abzählen. Das Wetter hat nur wenige Ausflügler auf die Beine gebracht. Ab und zu reißt der Himmel auf, und die Sonne kommt durch. Dann wird es auf einmal ganz schön heiß.

Marco ist ins Schwitzen geraten. Er hat sein Hemd ausgezogen ...

*

Kilian ist zur gleichen Zeit mit ein paar Kumpels aus seinem Team auf Rad-Tour. Eigentlich wollte er heute gar nicht fahren. Er war nicht gut drauf.

Kilian hatte sich trotzdem auf den Weg gemacht, sein Rad aufs Autodach »gesattelt« und war losgefahren in Richtung Schweiz, bis unterhalb des Bergdorfes, von dem hier die Rede ist.

Als er an der vereinbarten Stelle eingetroffen war und den Sicherheitscheck an seinem Rad durchgeführt, den Peugeot abgeschlossen hatte, warf er noch einen schnellen Blick ins Wageninnere. Auf dem Beifahrersitz sah er etwas liegen. Es war sein Helm. Er nahm ihn nicht mit. Kilian ließ den Helm im Wagen. Er war spät dran, wollte die anderen nicht noch länger warten lassen.

Eine halbe Stunde später erreichen die Fahrer den höchsten Punkt des Bergdorfes. Vor ihnen liegt jetzt ein ganz besonderer Teil. Es geht abwärts. Steil abwärts. Kilian liebt diese Strecken, da kann er auf »Speed« fahren, da wird das Fahren zum Flug, der Körper wird leicht, und die Seele bekommt Flügel. Da wird man schwerelos wie ein Astronaut und kommt in einen anderen Bewusstseinszustand. Es ist dies die Belohnung für das mühselige bergaufwärts strampeln, für dieses sich Schinden, den Schweiß, der wie ein klebriger Brei an der Haut klebt.

Die Drei beschleunigen jetzt auf der steil abwärts führende Strecke: eine Straße, welche direkt an jenem Gehöft vorbeiführt, in dem Marco heute der Held des Tages ist.

Marco ist gerade richtig in Form gekommen. Kaum einer der anderen vermag es, ihm den Ball streitig zu machen. Marco, aber auch die anderen Kinder, interessiert es nur wenig, was sich auf der angrenzenden Straße tut. Es ist für sie immer dasselbe. Autos, dann und wann ein paar Radfahrer, Wanderer. Marcos Welt ist hier und jetzt, ist der Ball, der rote Ball, den er nun weit von sich kickt. So weit, dass er über das Tor, ja gar über den Zaun zur Straße nach draußen fliegt.

Kilian und die anderen sind jetzt aus dem bloßen Fahren in den »Flug« übergegangen. Die silbernen Nadeln auf den Tachos der Rasenden tanzen nervös zwischen siebzig und achtzig hin und her. Kilian genießt dieses unbeschreibliche Gefühl der nun einsetzenden Schwerelosigkeit; es ist, als ob eine geheimnisvolle Macht ihren tödlichen Fluch mit freudvoller Lust an den von ihr Auserwählten zur Tat werden lässt.

Jetzt ist es soweit: Kilian und die anderen erliegen dieser körpereigenen Droge, diesem Feeling, das sie in diesen Rausch des Fliegens versetzt, das ihre Körper gleich einem aufsteigenden Ballon emporhebt, so leicht, so weit; wie Marcos Ball, der auf seinem Flug über das Tor, über den Zaun zur Straße, gleich einem ziellosen Flugobjekt, das weit über das vorgegebene Ziel hinausschießt, gerade in diesen Sekunden im Begriff ist, mit einem ganz anderen, einem völlig wesensfremden »Flugobjekt« zu kollidieren.

Als Kilian den roten Ball auf sich zukommen sieht, benötigt er lange, um aus seinem Flug, aus seiner Schwerelosigkeit, auf den Boden der Rationalität, der schnellen Reaktion, herunterzukommen: Sekundenbruchteile zu lange, um sicher reagieren zu können.

Er reißt die rechte Hand vom Lenker, will so den Ball aus seiner Bahn und der des hinter ihm Fahrenden, Rasenden!, schlagen, bückt sich dabei etwas zu tief nach unten; in diesem Moment verreißt er die Lenkung, das Vorderrad gerät quer, und die eben noch so schön erlebte Leichtigkeit eines fliegenden menschlichen Körpers verwandelt sich blitzschnell zu einer hochbeschleunigten physikalischen Masse – und das in eine jetzt tödliche Richtung: Kilian schlägt pfeilschnell mit dem Schädel auf den steinernen Asphalt auf.

*

Im Kantonsspital nimmt man einen Luftröhrenschnitt vor. Kilian kommt an die Sauerstoffmaschine. Sein Herz arbeitet normal. Die linke Gehirnhälfte ist tot, die rechte irreparabel verletzt. Die Überlebenschancen werden schon nach der ersten Not-Operation als äußerst gering eingestuft.

Als Vera und Verena auf der Intensivstation neben ihm stehen, kann Kilian seine Liebsten nicht mehr sehen. Seine Augen sind geschlossen, seine Wahrnehmung ist auf ein Minimum geschrumpft. Es bleibt den beiden nur der trostlose, schmerzhafte Blick auf einen Toten, der von der Maschine nur noch funktionell am Leben erhalten wird.

Vera und Verena wenden ihre verweinten Augen von ihm ab, sehen durch das Fenster des Hospitals, sehen einen roten, einen glutroten Ball in die Wipfel der Bäume eintauchen, sehen die Sonne untergehen.

An einem Sonntag, dem Tag des Herrn, war Kilian ins Hospital gekommen, und am darauffolgenden Sonntag ging er von dieser Welt. Im besten Alter; es hätten die schönsten Jahre in seinem Leben werden können.

*

Wenige Tage später in einem Schweizer Krematorium:

In irgendeinem der vielen Regale dieser Leichenkammern war auf einem der vielen kleinen Schilder, die an den Füßen all der Toten angebracht waren, jetzt ein weiterer Name zu lesen: Kilian Galeo.
Nachdem der Sarg eingefahren, die eisernen Klappen geschlossen waren, wurde das Feuer entzündet, brach die Hölle auf Erden los.
Durch ein kleines Sicht-Fenster in dieses Geschehen vermeinte der

alkoholfreudige Feuermann ein sich krümmendes Etwas auszumachen, die Leiche Kilians, die sich in dieser konzentrierten Vulkangewalt kurz aufzubäumen schien, zu Asche werdend in sich zerstäubte. Die Verbrennung war erfolgt. Die Überreste wurden in eine bereitstehende Urne verbracht. Danach machte ein zweiter Angestellter, ein höherer als es der Leichenverbrenner war, in einer Liste diverse Eintragungen. Die Urne mit der Asche von Kilian wurde zu den anderen Urnen in ein metallenes Regal gestellt.

*

»Grüezi, mein Name ist Vera Galeo, ich möchte die Urne von meinem Mann, Kilian Galeo, abholen.«

Der Schweizer am Tresen des Krematoriums musterte Vera mit einem stumpfen, desinteressierten Blick. »Da, setzen Sie sich«, gebot er ihr in derbem schweizerischem Dialekt. Dann ging er nach hinten, in eine Art Lagerhalle, in der ein Heer von Urnen in den Regalen stand.

Während er suchte, brummte er immer wieder Kilian Galeo, Kilian Galeo, vor sich hin:

»Hier!« rief der Schweizer nach einer Weile zackig aus und griff nach einer Urne im Regal. Danach brachte er das Gefäß in den Vorraum und stellte es nicht gerade sanft vor Vera auf den Tresen.

»Noch einen Moment, liebe Frau«, murmelte er, bückte sich und zog einen braunen Pappkarton, an dem ein Henkel angebracht war, hervor. Mit geübten Griffen ließ er die Urne in die Verpackung gleiten. „So, wenn Sie mir bitte noch hier unterschreiben würden«, er deutete mit seinem klobigen Zeigefinger auf eine Stelle der ausliegenden Liste. Vera unterschrieb und sah dabei, dass es viele Namen waren, die auf der Totenliste standen.

»So, Frau Galeo, hier haben Sie Ihren Mann«, sagte der Schweizer und steckte Vera das Paket entgegen. »Einfach hier am Griff nehmen, da kann nichts passieren«, verabschiedete er sich von ihr.

*

Die Glocken der (uns schon bekannten!) katholischen Stadtkirche läuteten den bevorstehenden Trauergottesdienst ein. Vera und Verena hatten in der ersten Reihe Platz genommen. Sie sahen jetzt auf den Altar, auf dem die Urne mit der Asche von Kilian wie eine heilige Reliquie Ehrfurcht und Demut gebot. Kilian und Julia waren sich somit wieder ganz nah. Nah, in einer anderen Welt.

Nachdem das Läuten der Glocken vorüber war, trat der Pfarrer vor den Altar, machte eine tiefe Kniebeuge, bekreuzigte sich und wendete sich dann den Trauergästen zu. Die Kirche war bis auf den letzten Platz gefüllt. So voll war sie sonst nur bei den heiligen Weihnachtsmessen.

In seiner Trauerrede verlas der Geistliche ein Kapitel aus dem Johannes-Evangelium; danach kam er auf das Leben von Kilian zu sprechen. Dabei hob er besonders hervor, dass der Verstorbene in jungen Jahren den Weg zu einem Priesterdasein eingeschlagen habe, eine Herzensentscheidung, die ihm jedoch durch widrige Umstände verwehrt worden sei. Künftig im Himmel aber werde Kilian Galeo ganz gewiss ein hohes Priesteramt bekleiden und somit vor dem Herrn seine Erfüllung finden.

Bei diesem Trauergottesdienst von Kilian war auch ein Freund von ihm gekommen, um an diesem Tag hier von seinem geliebten Freund Abschied zu nehmen: Lukas aus Wien, der sich seinerzeit noch mitten im Studium der Psychologie befand. Lukas war nun schon lange kein Student mehr, er kam als ein fertiger Mann, der sein Ziel erreicht hatte: Lukas hatte eine kleine, aber feine, Praxis in der Wiener Innenstadt und das glänzende Messingschild vor dem Eingang verriet allen Vorübergehenden auf das Vornehmste, dass hier ein Seelendoktor seinen Dienst anbietet.

Vera freute sich, dass Lukas gekommen war; sie wusste von deren beider Freundschaft und sie hatte Lukas auch eine Todesanzeige gesandt. Nachdem Lukas ihr spontan und ohne Umschweife aus den zurückliegenden Jahren Vertrauliches aus seinem Leben erzählt hatte kam er auch auf die für ihn besondere Freundschaft zu Kilian zu sprechen, einer Freundschaft, die in ihren ersten Schuljahren begann, sich dann mittels unzähliger Briefe fortsetzte, dann, als Kilian sich bereits fern von ihm in seinem Priesterstudium befand.

Wir erinnern uns, als Lukas das intime Erlebnis aus dem Wiener »Etablissement« im Brief an Kilian ausbreitete, als er schrieb, wie er dabei seine Sofia auf gleich so unerwartet nahe und zugleich aber auch pikante Weise kennenlernte. Und diese Sofia war heute dabei: eine Frau von einer aparten Schönheit, eine, die nicht ins Licht drängte, sondern die selber »Licht« war. Vera war von Sofia jedenfalls recht angetan – und das sicher zu Recht.

In dem Gespräch, dies noch vor Beginn der Trauerfeier, erzählte Vera Lukas, wie es zu dem Unglück von Kilian kam und wie traurig, ja erschüttert sie immer noch sei über seinen so plötzlichen Tod mitten in einem noch jungen Leben. Als beide in den nächsten Minuten somit das Wichtigste verbal ausgetauscht hatten, jedenfalls das, was sie beide in der kurzen Zeit und unter dem Aspekt des Geradeerst-persönlichen Kennenlernens für wichtig, ja notwendig erachteten, übergab Lukas Vera einen Brief mit folgender Bemerkung:

»Du Vera, ich habe hier einen Brief von Kilian mitgebracht, den ich dir hiermit übergeben möchte. Kilian schrieb ihn mir erst vor einiger Zeit und er äußert sich darin vertraulich über Dich und auch zum Tod. Ich habe das Gefühl, dass Du diesen Brief lesen musst, ja es drängte sich in mir zu diesem Entschluss; bitte bewahre ihn in deinem Herzen auf.

Vielleicht wirst du nach dem Lesen seiner Gedanken, Kilians Seelenwelt besser verstehen, ja, vielleicht sogar erstmals wahrhaftig kennenlernen.«

Vera nahm den Briefumschlag mit dem Schreiben darin an sich, tat ihn unverzüglich in ihre schwarze Handtasche und dankte Lukas für sein Vertrauen.

Nach der Predigt des katholischen Hirten kamen zwei Männer aus dem Seitenraum und traten neben den Altar. Jeder von ihnen hielt eine Violine in der Hand. Vor einem schon bereitstehenden Notenständer stellten sie sich auf.

Während des Geigenspiels führte der Pfarrer rituelle Handlungen am Altar aus; dabei verhielten sich alle Anwesenden so still, dass man eine Nadel zu Boden fallen hätte hören können.

Und tatsächlich fiel eine Nadel zu Boden! Es war die Nadel, mit der Kilian Julia ins Ohrläppchen gestochen hatte, um von ihrem Blute zu nehmen, damals, bei seinem heiligen Ritual, bei dem sie, die Schöne, die Heilige, auf dem Altar vor ihm lag.

Kilian hatte beim Abräumen seiner Requisiten die Nadel offenbar übersehen und sie auf dem Altar liegen gelassen. Und nun war sie, gerade während der kurzen Pause der Geiger, wohl durch eine Bewegung des Geistlichen auf den steinernen Boden gefallen und hatte dabei seltsame Schwingungen erzeugt, die keiner so recht zu deuten vermochte. Diese Schwingungen steigerten sich und es entstand ein sphärischer Sound in dem heiligen Gebäude, durchaus ein Wohlklang, der von den Anwesenden als angenehm empfunden wurde; nach wenigen Minuten war die Kirche wie von einer Symphonie erfüllt; selbst der Pfarrer und seine Ministranten hatten in ihrem Tun innegehalten und hörten den Klängen mit verwunderten und umhersuchenden Blicken zu.

Nach einer Weile schwoll dieser Engelsgesang (man konnte die Musik als einen solchen empfinden!) ab und es wurde wieder still in den sakralen Mauern. Und diese Stille war nicht irgendeine Stille. Es war die Totenstille schlechthin.

Nun lag sie da, die Nadel, nicht einfach so ... Nein! Ihre Spitze zeigte nicht in irgendeine beliebige Richtung, sondern sie deutete geradewegs auf die Stelle am Altar, hinter der sich eine Reliquie befand, der Kopf einer Heiligen, die den Blicken der Trauergemeinde verborgen blieb.

*

Nachdem Vera sich nach der Urnenabsenkung ins Grab mit ein paar wenigen Worten von den Mittrauernden verabschiedet hatte, dies mit dem Hinweis, dass sie plötzlich furchtbar müde sei, konnte sie es kaum erwarten den ihr von Lukas anvertrauten Brief zu lesen.

Zuhause entnahm Vera den Brief ungeduldig der Handtasche, zog das Schreiben aus dem Kuvert; es waren drei handgeschriebene Seiten. Und da wurde es ihr augenblicklich seltsam zumute, ihre Hand zitterte gar ein wenig, als sie Kilians Handschrift so unvermittelt vor sich sah. Ein kurzer Blick zurück auf das Kuvert und den Poststempel verriet ihr, dass der Brief erst vor wenigen Wochen, also einige Tage vor dem tödlichen Unfall an Lukas gesandt wurde ...

Mein lieber Lukas,
hoffe sehr, dass Deine Praxis gut läuft in Wien und dass viele Leute mit ihren Problemen zu Dir kommen. Muss Dir mitteilen, dass ich die letzte Zeit des nachts so seltsame Träume habe, die ich mir selbst nur schwer erklären kann: Träume vom Tod. Es sind Bilder, die mich nach dem Aufwachen dermaßen tief bewegen, dass ich am Morgen der Vera gleich und unbedingt davon erzählen muss. Und wäre Vera nicht hier, müsste ich irgend Jemandem im Salon davon erzählen, es drängt dies dann dermaßen in mir, als wenn ich eine Wunde betäuben müsste.

Ich las mal, dass sich solche »Großträume« vorwiegend vor oder nach bedeutenden Änderungen der Lebensmitte ereignen, angeblich dann, wenn eine große, allgemein menschliche Neu-Einstellung von der Seele her gefordert wird; meine mich zu erinnern, dass Du auch mal zu diesem Thema mir was geschrieben hast, dies in Zusammenhang mit den Archetypen von C.G. Jung, mit dessen Lehre Du Dich ja ausführlich beschäftigt hast.

Ach ja, was ich Dir auch immer schon mal sagen wollte, etwas, das Du ja sicher angenommen hast, möchte es aber hier besonders betonen: ich liebe Vera! Muss es Dir einfach sagen, weiß auch nicht warum. Eigentlich banal, hast Du ja sicher erwartet von mir, nehme ich an. Liebe sie von Anfang an und immer noch und immer mehr. Auch wenn ich inzwischen auf mir selbst unbekannten Irrwegen wandle, so sage ihr bitte, falls mir in absehbarer Zeit vielleicht etwas zustoßen sollte, dass ich sie immer geliebt habe, auch wenn ich mich augenscheinlich ihr gegenüber oft ganz anders verhalten habe; brachte es einfach nicht fertig, ihr meine Liebe ins Gesicht zu küssen. Du weißt, Lukas, der Alltag, der Laden, die Leute von morgens bis abends und dann strecken wir beide nur noch die Beine aus auf dem Sofa. Also, ich verlass' mich auf Dich, mein Lieber!

Gestern las ich, wie ich es die letzte Zeit sehr häufig tue, wieder mal eines meiner Bücher über die alte ägyptische Kultur; muss sagen: diese Toten-Kulte lassen mich einfach nicht mehr los. Ich könnte richtig darin baden in dieser dreitausendjährigen Geschichte, in diesem Fühlen und Denken – versank tief in diesen »Ewigen Leben!«

Allein, wenn ich mir die Grabbeigaben dieses Tutanchamun anschaue und die Geschichte dazu lese, läuft das alles wie ein lebendiger Film vor meinem inneren Auge ab. Und wenn ich dann den so unvorstellbar gut erhaltenen (mumifizierten) Körper des so früh verstorbenen Pharao auf den Fotografien mit einem gewissen Gruseln und scheuen Blicken »berühre«, eines Menschen, der in jugendlichem Alter an einer nicht desinfizierten Wunde, die er sich bei einer Schlacht zugezogen hatte, gestorben ist, da kann man nur staunen: Dreitausend Jahre lag der Leichnam unberührt in dem goldenen Sarkophag und als Howard Carter dann 1922 das Grab entdeckte, die Leiche freilegte, da staunte die Welt über die hohe Kunst der alten Ägypter, ihre »heiligen« Toten für die Ewigkeit zu konservieren. Auch mich zog dieses Bild mit Faszination in den Bann. Wie auch immer, lieber Lukas, diese Hochkultur ist faszinierend – eben bis in den Tod.

Mach's gut – und erwecke mich wieder zum Leben, falls ich je tot umfalle. Wetten! – Du kannst das!
Dein Kili

PS: Freu mich auf Antwort. Bald!
Und noch was: bete für mich ab und an.
Grund: ich befinde mich auf scheinbaren Irrwegen.
Wege, die ich gehen muss, ohne zu wissen warum.
Später mal mehr.

*

Kurz nachdem die Urne von Kilian ins Grab gesenkt wurde, ist es in Florida Nacht. Nils Rimak liegt auf seiner Pritsche und hat einen schrecklichen Traum. Er befindet sich auf dem elektrischen Stuhl. Das Ritual seiner Hinrichtung ist in vollem Gange. Das Gespräch mit dem Gefängnisgeistlichen hat er nicht verworfen, er hat die Worte aus der Bibel in sein Herz gelassen. Das erste Mal in seinem Leben vermögen ihm die Worte aus der Heiligen Schrift Trost zu geben. Er weiß, dass seine Lage aussichtslos ist, dass man in wenigen Sekunden einen Unschuldigen zu Tode bringen wird.

Nils Rimak wartet auf den Strom, wartet auf seine Hinrichtung. Doch jetzt vernimmt er plötzlich Geräusche, die ihn an das metallisch klingende Aufschließen einer Tür erinnern, hört, wie man seinen Namen ruft. Nils erwacht aus seinem Traum. Er öffnet die Augen. In seiner Zelle brennt Licht, vor ihm steht der Aufseher. Er hat ein Schreiben in der Hand, das er Rimak vor die Nase hält.

»Morning Mister, hier, soll ich Ihnen geben.«

So schnell wie der Aufseher gekommen ist, verschwindet er wieder. Nils Rimak reibt sich die Augen, fängt an zu lesen.

Nach wenigen Augenblicken weiß Rimak, dass er kein Todeskandidat mehr ist. Die Anklage wegen Mordes wurde fallen gelassen.

Die anderen Vergehen sind, was das Strafmaß betrifft, mit der bisher verbüßten Zeit abgegolten. Es besteht kein Anspruch auf irgendwelche Wiedergutmachung.

Nils Rimak, so liest er es jetzt mit verquollenen Augen, Nils Rimak ist ab sofort ein freier Mann. Nach Jahren ein freier Mann!

*

Vera saß in der Kirche und betete. Sie betete für Kilian, betete für Nils. Sie wusste, dass das Gericht in jenen Tagen das erneute Urteil über Nils gefällt hatte. Und sie ahnte, dass es das endgültige Urteil sein würde, das Urteil, das über Tod oder Weiterleben entschied.

Manchmal wusste sie nicht, für wen sie inniger beten sollte, für Nils oder für Kilian. Bei ihrem letzten Gebet schloss sie beide ein. Sollte doch der liebe Herrgott entscheiden. Vera war sich ihrer Kleinheit, ihrer Begrenztheit bewusst. Sie legte seit dem Tod von Kilian alles in höhere Hände. Vielleicht kam diese Einstellung zum Delegieren daher, dass sie all die Jahre im Salon als Chefin fungierte und gar nicht mehr anders konnte, als zu delegieren.

Als sie ihr Gebet beendet hatte, richtete sie sich aus ihrer gebeugten Haltung auf, und dabei blieb ihr Blick für einige Sekunden an dem schönen Altar hängen. Tief in Gedanken verloren sah sie vor ihrem inneren Auge die Urne, die letzten Überreste ihres Mannes darauf stehen. Die Urne mit dem Staub von Kilian, die sich bereits im Grab auf dem Friedhof befand.

Als sie die Kirche verließ, war es bereits dunkel geworden. Vera hatte vor, nicht gleich nach Hause zu gehen. Sie schlenderte durch die Straßen, beschloss spontan, in einem Nachtcafé einzukehren.

Dort nahm sie einen Drink zu sich, starrte dabei müde und abwesend vor sich hin. Sie machte sich schon bald auf den Heimweg. Bis zu dem Parkplatz, wo sie ihren Wagen abgestellt hatte, waren es nur noch wenige Minuten zu Fuß.

Vera ließ sich Zeit, sie hatte kein Ziel. Für was auch, für wen auch, fragte sie sich. Am liebsten wäre sie gar nicht nach Hause gegangen, hätte sich irgendwo in ihre Trauer vergraben.

Während sie gerade an einer Kneipe vorüberging, bemerkte sie einen Mann, der im Begriff war, das Lokal zu verlassen. Mit einem kurzen Blick taxierte sie die seltsame Gestalt, die ihr irgendwie vertraut vorkam; dieses »vertraut« verbat sie sich aber schlagartig und ging strammen Schrittes weiter, um ja nicht mit diesem Typen in Berührung zu kommen. Jetzt befand sich Vera auf gleicher Höhe mit dem schwankenden Mysterium, das ihr jetzt voll in die Quere geriet, und als der sichtlich Angetrunkene jetzt direkt vor Vera mit dem glitschigen Kopfsteinpflaster in Berührung kam, ausglitt, sein Gleichgewicht verlor und mit reflexartig haltsuchenden, in der Luft fuchtelnden Armen, auf Vera zustieß, diese unsanft mit sich zu Boden riss, war für Vera kein Entkommen mehr möglich; zum Glück war Veras Kopf nicht auf dem Stein aufgeschlagen, sondern sie war mit ihrem ganzen Körper fast ganz auf den Dahingestreckten gefallen, sodass sie sich schnell wieder aufzurichten vermochte.

Als Vera sich den noch Liegenden jetzt näher besah, fiel ihr der mächtige Vollbart auf, in welchem sein Gesicht förmlich zu ertrinken schien; und trotz diesem, den Mann unkenntlich machenden, Wildwuchs im Gesicht war es ihr erneut so zumute, als hätte sie diese menschliche Gestalt schon einmal irgendwo gesehen. Ja, weit mehr als das! Gleich darauf aber verwarf sie diesen Gedanken wieder. Doch sie schaute wieder und wieder hin, konnte ihren Blick von dieser menschlichen »Erscheinung« nicht lösen.

Nun wagte sie es; Vera sprach den bekannten Unbekannten, jetzt direkt an; sie wollte, ja, sie musste seine Stimme hören, sein Gebaren näher auf sich wirken lassen, um sich so zu vergewissern, dass es doch DER sein könnte, dessen Identität sie bereits erkannt zu haben meinte. Der Typ begrapschte sie jetzt mit müden, verquollenen Augen; und schwieg. Jetzt wusste Vera, dass ER es war. Sie wusste es definitiv. Als sich Mister X ebenfalls berappelt hatte, warf dieser einen scheuen, kurzen Blick auf die Frau, auf diesen Menschen, der auf diese heftige Weise in sein Leben gefallen war.

»Kann ich Ihnen helfen?« stotterte Vera.

»Mein Wagen steht nicht weit von hier. Wenn Sie wollen, können wir uns gern bei mir daheim näher kennenlernen.«

Der nicht mehr Unbekannte sah sie entgeistert an, saugte seinen Blick förmlich an ihrem Gesicht fest.

»Kommen Sie, haben Sie nichts dabei? Nichts, was Ihnen gehört?«

Als sie in ihrer Wohnung eintrafen, ging Vera geradewegs ins Bad und ließ Badewasser in die freistehende Design-Wanne ein. »Sie finden alles, was Sie brauchen«, rief Vera in den Flur. »Ich werde Ihnen frische Sachen hinlegen, es müsste ihre Größe sein!«

Während der nicht mehr Unbekannte badete, zauberte Vera ein lekkeres Essen auf den Tisch. Sie zündete gerade die Kerzen an, als ER aus dem Bad trat. Vor ihr stand Nils Rimak!

»Da staunst du, Vera!? Ich habe dich übrigens auch erkannt, und das, was ich da anhabe, das sind doch die Klamotten von Kilian, stimmt's? Wo ist er denn eigentlich der Goldjunge?«

»Im Himmel«, hauchte Vera.

»Was heißt das, im Himmel?!«

»Tot, vor ein paar Tagen verunglückt.

»Und Du!, Nils, wie kommst Du hier her, in deine »alte Heimat« – und dies so plötzlich!, ich wähnte Dich noch in Unfreiheit, bangte Tag und Nacht mit Dir auf ein neues Urteil, auf einen Freispruch!; Und dieses Flehen von mir wurde wohl erhört, sonst wärst Du ja nicht hier. Und Nils, sag!, bist du jetzt frei, ein freier Mann? Und verrate mir, wie bist Du so schnell von Death Row und Amerika hierher gekommen? Nils!!, ich kann es nicht fassen, es ist wie ein Traum! Bin ich in einem falschen Film?!

Kaum dass diese Worte aus Veras staunendem Mund im Raum verhallt waren, lief sie auf ihn zu, umarmte, erfasste ihn mit aller Kraft, drückte ihren Kopf an seine Brust und: begann leise zu weinen.

Es waren Tränen der Freude.

EIN HALBES JAHR SPÄTER

Ein halbes Jahr war seit der Wiederbegegnung vergangen, und Vera und Nils waren sich in dieser Zeit näher gekommen, so nahe, dass sie beschlossen hatten, für immer zusammen zu bleiben. Sie wollten den Bund fürs Leben schließen.

Der Sonntag, an dem die kirchliche Trauung stattfinden sollte, war ein heißer Sommertag. Das Paar war schon vor Wochen mit dem Pfarrer übereingekommen, wegen der in diesem Sommer außergewöhnlich hohen Temperaturen die Trauung erst am Abend vorzunehmen. Als Vera, Nils, Verena und ein Trauzeuge (ein Angestellter des Coiffeur-Salons) am späten Sonntagabend in der katholischen Stadtkirche Einzug hielten, wanderten vom Schwarzwald her schwere, dunkle Wolken in Richtung Stadt.

Vera hatte ein schlichtes, weißes Kleid gewählt, auch die Strümpfe und Schuhe waren weiß. Die Lippen leuchteten blutrot.

Nils trug einen schlichten schwarzen Anzug, den er sich eigens für dieses Fest gekauft hatte – ein Geschenk von Vera.

In Anbetracht einer Spende von Vera hatte der Pfarrer veranlasst, dass zu Beginn der Trauung die mächtigen Hauptglocken geläutet wurden. Vera, Nils, Verena und der Trauzeuge nahmen in der ersten Reihe Platz und warteten auf das Erscheinen des Geistlichen. Da ließ ein gewaltiger Blitz das Innere der Kirche aufleuchten, und der gleich darauf folgende Donnerschlag demonstrierte den Anwesenden die ungebändigten Kräfte der Natur. Vera erschrak. Nils legte seinen starken Arm um seine verängstigte Braut.

Jetzt trat der Pfarrer aus dem Seitenraum. Er hatte für heute einen prachtvollen Talar und einen ebenso schönen Hut gewählt. Nachdem er die devote Gebärde vor dem Altar vollführt hatte, drehte er sich um, wandte sich den Anwesenden zu, begrüßte mit besonderer Aufmerksamkeit und devoter Ehrerbietung das Paar, das heute, am Tage des Herrn, den Bund der Ehe zu schließen beabsichtigte. Danach bat er mittels einer entsprechenden Geste, Vera und Nils, zu ihm auf die kleine Empore vor den Altar zu kommen.

Das Paar platzierte sich vor dem Geistlichen, der mit dem Rücken zum Altar stand. Der Pfarrer lächelte beiden zu, danach begann er mit dem kirchlichen Trauungs-Ritual.

Als man im Laufe der Zeremonie zu der obligatorischen Frage kam, nämlich die, ob er, Nils, Vera zur Frau nehmen, zu ihr stehen wolle in guten wie in schlechten Zeiten, bis dass der Tod sie scheide, flammte ein zweiter Blitz auf, dem gleich darauf weitere folgten. Im Nu erschütterte ein furchterregendes, kaum enden wollendes Donnergrollen, das (gefühlt!) gleich zusammenbrechende Kirchengebäude.

Der Diener des Herrn sah sich veranlasst, für Sekunden innezuhalten. Alle blickten jetzt ängstlich hinüber zu den dann und wann ganz unerwartet und in farbenem Prunk aufflammenden Kirchenfenstern, die von dem Laserlicht der Blitze durchschossen wurden; da geschah es, das Wunder:

Biblische Szenen erstrahlten zu neuem Leben, und so wurden vor den Augen der Verängstigten längst totgeglaubte Propheten wieder lebendig, Heilige gemahnten zur Demut bei tiefster Erleuchtung, die Jünger Jesu erhoben den Kelch zum Trank mit dem Blute Christi, zum Genuss des köstlichen Weines, der in einem strahlenden Rot durch die Gläser funkelte, die heilige Muttergottes berührte die Herzen aller Anwesenden im Licht der Ewigkeit, und der Mantel des Heiligen Martin entflammte in einem königlichen Purpurrot, welches die Kirche in ein majestätisches Licht tauchte; in ein Feuer, das an den Tag der Erschaffung der Welt zu erinnern schien.

Veras Gedanken verließen für Sekunden das eigentliche Geschehen, verließen den Ort der Trauung, gingen zurück in die Kindheit. Sie sah sich mit ihrer Mutter in der Stube ihres elterlichen Hauses, es tobte gerade ein unheilvolles Gewitter; und das Kind erlebte, wie die Mutter überall Kerzen aufstellte, diese entflammte und danach zu beten begann wobei auch sie, die Kleine, in die heiligen Worte leise flüsternd mit einfiel.

Und während Veras Gedanken sich jetzt erinnerungstrunken im Schein dieser von der Mutter aufgestellten Kerzen spiegelten, vermochte sie die Wärme, den Schutz, die damit verbundene Geborgenheit, erneut zu verspüren; Bilder aus dem Poesiealbum ihrer Kindheit, die ihr auch hier, in diesem Beben, tiefe Geborgenheit schenkten.

Nils war für einen Moment ebenfalls mit seinen Gedanken abgeschweift, hatte an die Zeit seiner Inhaftierung gedacht, dann an seine Kindheit, in der er weder Geborgenheit noch Liebe erfahren hatte.

Inzwischen war es draußen ruhiger geworden, die Gewalten schienen sich ausgetobt zu haben. Doch dies war ein Irrtum. Der Pfarrer wandte sich jetzt an die Braut, sprach vor Vera die rituelle Formel:

»... und willst du Nils Rimak zu deinem Manne nehmen, ihn lieben und ehren in guten wie in schlechten Zeiten, bis dass der Tod euch scheidet, dann antworte mit JA.«

Als Vera das Jawort hauchte, schlug ein weiterer Blitz ein: gleißender, gewaltiger als alle Blitze zuvor, und als unmittelbar darauf ein apokalyptischer Donner wie aus dem Nichts einschlug, schwankten gar die Mauern, schien der Putz von den Wänden zu rieseln, meinte man schon, das Bersten der Fenster zu vernehmen, ja, sogar das ewige Licht in dieser katholischen Kirche kam aus seinem ruhigen, gleichmäßigen Schein, begann nervös zu flackern.

Es geschah aber noch weit mehr in dieser Kirche an jenem Sonntagabend bei der Trauung von Vera und Nils, es geschah jetzt das Unvorstellbare: Der Altar, vor dem das Hochzeitspaar die Trauungszeremonie vollzog, war nach dem Verebben des ohrenbetäubenden Stromschlages in Brand geraten - es war jedoch kein lodernden Feuer, es waren keine emporschießenden Flammen, die ihn zu zerstören drohten, es war ein überirdisches Licht, ein Schein von kristallener Schärfe, in welchem der Altar zum Staunen der Anwesenden gleißend hell erstrahlte; mehr noch: diese heilige Stätte war an ihrer Vorderfront mit einem Mal gläsern, einsehbar, vollkommen durchsichtig geworden, hatte den Blick für das menschliche Auge in sein Innerstes freigegeben. Alle stierten sie jetzt in den Altar hinein, berührten mit ihren Blicken ein fremdes Wesen darin, starrten auf eine in überirdischem Weiß gebettete menschliche Gestalt. Dann erschallte ein Schrei, gleich einem Donnerschlag.

»JULIA!!!« Es war dies nicht nur ein überraschender Ausruf! Nein! Es war ein himmlisches Halleluja in aufbrausendem Fortissimo, ein Urschrei aus dem Nichts, der akustische Prankenhieb eines Namens, ein verbaler Donnerschlag aus dem Universum, welcher unter dieser kleinen Gemeinde hier synchron explodierte.

Der Anblick des Geschehens war so überwältigend, dass Vera für einen Moment das Bewusstsein verlor. Sie schien aus dem Gleichgewicht zu kommen, wäre direkt auf dem Steinboden aufgeschlagen, wenn Nils sie nicht geistesgegenwärtig aufgefangen, Vera vor diesem Sturz bewahrt hätte.

Der Geistliche vermochte sich auf das Ganze keinen Reim zu machen, er spürte nur, dass da hinter ihm etwas Gottgleiches geschehen sein musste, doch als er sich mit Bangen nach dem Altar umdrehte, war alles wieder wie vorher, war weder von Julia noch von dem Wunder-Licht, noch von einer gläsernen Front des Altares das Geringste zu bemerken.

Nun drängte der Gottesmann verbal auf eine Erklärung des Geschehenen, aber Vera stand immer noch unter Schock, brachte kein Wort über die Lippen. Nils, der sich wieder gefasst hatte, schwieg.

Nie und nimmer würde er dem Pfarrer verraten, wo seine Julia zur letzten Ruhe lag; und auch Verena und der Trauzeuge verschlossen das soeben erlebte Wunder für alle Zeiten tief in ihren Herzen.